Andrea Nesseldreher

Die Krone der Loreley

Lilly und Nikolas im Mittelrheintal

Mit Illustrationen von Sabrina Pohle

Biber & Butzemann

Besuchen Sie uns im Internet auf www.biber-butzemann.de

Hinweis: Ausstellungen in Museen wechseln und auch bei anderen Sehenswürdigkeiten gibt es regelmäßig Veränderungen, darum sind alle Angaben ohne Gewähr.

Für Marco, der mir so unendlich viel Freiraum gibt.
Mein allerherzlichster Dank gilt nach wie vor dem Team des Verlags Biber & Butzemann, allen voran Steffi Bieber-Geske, für die unkomplizierte und vertrauensvolle Zusammenarbeit.
Ein herzliches Dankeschön gebührt Maren Bonacker, Matthias Menk und Ernst-Günter Ache, die nie müde werden, sich meine Ideen anzuhören. Anja Germer danke ich für die polizeiliche Beratung zum Jugendstrafrecht. Da ein aktueller Besuch im Erfahrungsfeld der Sinne leider nicht möglich war, durfte ich auf die umfassende virtuelle Beratung von Herrn Manuel Hornauer vom Schloss Freudenberg zurückgreifen. Danke auch dafür.
Ich schätze mich glücklich, dass die Begeisterung meiner Kinder, mit mir Recherche-Ausflüge rund um jedes Kinderbuch zu unternehmen, noch immer anhält. Jonas und Erik, Ihr seid die besten!

Besuchen Sie uns im Internet auf Facebook unter www.facebook.com/biberundbutzemann.

Geschwister-Scholl-Str. 7
15566 Schöneiche

1. Auflage, 2021

Bibliografische Information der Deutschen Bibliothek
Die Deutsche Bibliothek verzeichnet diese Publikation in der Deutschen Nationalbibliografie; detaillierte bibliografische Daten sind im Internet unter http://dnb.ddb.de abrufbar.

Text: Andrea Nesseldreher
Illustrationen: Sabrina Pohle
Layout und Satz: Mike Hopf
Lektorat: Steffi Bieber-Geske, Britta Schmidt von Groeling
Lektoratsassistenz: Kati Bieber, Martina Bieber, Josephine Matz, Michelle Stark, Anika Strehlow
Korrektorat: Carola Jürchott
Druck- und Bindearbeiten: Poligrafia Janusz Nowak sp. z o.o.
ISBN: 978-3-95916-071-1

Schleswig-
Holstein
Mecklenburg-
Vorpommern
Hamburg
Bremen
Niedersachsen
Berlin
Sachsen-
Anhalt
Brandenburg
Nordrhein-
Westfalen
Sachsen
Thüringen
Hessen
Rheinland-
Pfalz
Saar-
land
Baden-
Württemberg
Bayern

Hessen

Wiesbaden
chlangenbad
Mainz

Main

INHALT

EIN BESONDERES GESCHENK

„Herzlichen Glückwunsch zum Hochzeitstag, mein Schatz!“, sagte Papa und gab Mama einen dicken Schmatzer auf die Wange. Lilly kicherte, und Nikolas blickte verlegen zur Seite.
„Ich wünsche euch auch alles Gute!“ Lilly umarmte Mama und Papa, ihr Bruder schloss sich an.
„Und wir haben auch ein Geschenk für euch.“ Die Geschwister verschwanden in der Küche, und man hörte sie hantieren. Die Eltern sahen einander an. Was sich die Kinder wohl ausgedacht hatten?
Als Nikolas wieder ins Wohnzimmer kam, trug er behutsam eine Platte mit Muffins vor sich her. Lilly hüpfte neben ihm auf und ab. In jedem Muffin steckte eine besonders geformte, brennende Wunderkerze. Da gab es ein Herz, zwei Eheringe und die Anfangsbuchstaben ihrer aller Vornamen.
Mama und Papa staunten nicht schlecht. „Das ist ja unglaublich!“, rief Mama.
„Wo habt ihr die denn her?“, wollte Papa wissen.
„Selbstgemacht!“, verkündeten Lilly und Nikolas wie aus einem Mund.
„Ich habe die Muffins gebacken“, erklärte Lilly. „Heimlich!“
„Und ich habe die Wunderkerzen gemacht“, ergänzte Nikolas. „In Chemie gab es einen Workshop, da haben wir welche hergestellt. Man braucht dazu nur Pfeifenreiniger, Bariumnitrat, Aluminium- und Eisenpulver. Ich dachte, ich mache gleich welche für euch als Geschenk.“ Die Wunderkerzen brannten langsam ab und alle beobachteten das Schauspiel fasziniert.

„Das war eine wunderbare Idee, vielen Dank, ihr beiden. So ein schönes Geschenk!“ Mama war begeistert.
„Apropos Geschenk“, fiel Papa ein. „Ich habe ja auch eins!“ Er überreichte Mama einen dicken Briefumschlag.
„Danke schön!“ Gespannt öffnete Mama den Umschlag. Sie zog Eintrittskarten und ein Bündel Prospekte heraus und begann zu blättern.
„*Rhein in Flammen*. Das große Feuerwerkspektakel im Mittelrheintal“, las sie vor.
Nikolas wurde sofort hellhörig. „Feuerwerk? Das ist ja cool!“ Nicht erst seit dem Workshop in der Schule hatte er großes Interesse daran.
„Ich mag Feuerwerk auch!“, rief Lilly.
Papa sah die beiden mit ernstem Blick an. „Hat jemand etwas davon gesagt, dass ihr dabei seid? Das ist schließlich mein Hochzeitstagsgeschenk für Mama.“
Lilly machte ein erschrockenes Gesicht, und Nikolas blickte enttäuscht zu Boden. Wie schade!
Da prustete Papa los. Er umarmte seine Kinder und Mama noch dazu. „Reingelegt! Ihr glaubt doch nicht im Ernst, dass wir ohne euch fahren!“
Erleichtert atmeten Lilly und Nikolas auf.
„Wir fahren also an den Rhein. Wohnen wir wieder bei Laurenz und Klara?“, fragte Nikolas. Vor einiger Zeit hatten sie Papas Schulfreund Laurenz in Köln besucht und dort nach dem Rheingold, einem sagenumwobenen Schatz im Rhein, Ausschau gehalten.
„Nein, diesmal werden wir uns einen anderen Flussabschnitt anschauen, das *Mittelrheintal*. Es soll sehr schön sein und gehört sogar zum UNESCO-Welterbe. Das heißt, Natur und Kultur sind in dieser Gegend so besonders, dass man sie unbedingt für die Zukunft erhalten möchte.“

„Und was gibt es da so?“

Gemeinsam studierten sie die Prospekte.

„Jede Menge Burgen“, meinte Lilly.

„Und man kann mit dem Schiff fahren“, ergänzte Nikolas.

„Schau, hier gibt's 'ne Seilbahn!“

Mama hatte inzwischen auf einem Prospekt eine Zeichnung von einer jungen Frau gefunden, die auf einem Felsen saß und ihr blondes Haar kämmte.

„Oh, die Loreley!“, rief sie fröhlich. „Da wollte ich immer schon mal hin. Das hast du dir gemerkt, oder?“ Sie warf Papa einen verliebten Blick zu.

„Lore-wer?“, fragte Lilly.

„Die Loreley ist eine berühmte Sagengestalt. Es gibt eine Unmenge an Märchen und Sagen rings um den Rhein“, erzählte Mama.

Nikolas blätterte in den Prospekten. „Wiesbaden und Mainz – fahren wir da auch hin?“

Papa nickte. „Ja, das machen wir. Das sind übrigens die Landeshauptstädte von Hessen und Rheinland-Pfalz. Der krönende Abschluss wird *Rhein in*

Flammen sein. Wir fahren im Dunkeln mit einem Schiff auf dem Rhein, während ringsumher Feuerwerk gezündet wird."

„Cool!", fand Nikolas.

„Und wo wohnen wir?", fragte Lilly.

„Wir wohnen auf einem Weingut. Die Gegend ist nämlich auch für ihren Wein berühmt." Papa zwinkerte Mama zu. „Dann können wir eine Weinprobe machen und müssen nicht mehr Auto fahren."

„Igitt, Wein!", rief Nikolas. Er hatte einmal einen winzigen Schluck aus Mamas Glas nippen dürfen, und es hatte furchtbar sauer geschmeckt. Er verstand nicht, was die Erwachsenen daran fanden.

„Bestimmt kann man da auch Traubensaft trinken", schlug Mama vor.

„Wann fahren wir?", fragte Lilly.

„Im Juli. Also in sechs Wochen."

WER WOHNT IM BAUMHAUS?

An einem heißen Julimorgen brach Familie Sonnenschein auf in Richtung Rhein. Etliche Stunden später verkündete Papa: „Wir sind fast da!“

Nach ein paar Minuten standen sie auf einem großen Hof mit mehreren Gebäuden. „Weingut Ehlers“, stand über der Einfahrt. Sie stiegen aus und wurden von einem Herrn begrüßt. „Herzlich willkommen auf unserem Weingut! Ich bin Manfred Ehlers, der Winzer, und ich zeige Ihnen Ihre Ferienwohnung.“

Während Herr Ehlers sie über den Hof zu einem Gebäude mit der Aufschrift „Gasthof“ brachte, erklärte er, dass es unten ein Restaurant mit Weinstube gab. Die Ferienwohnung lag im Stockwerk darüber. Er selbst wohnte mit seiner Frau, seiner Mutter und seiner Tochter direkt nebenan.

„Wie alt ist Ihre Tochter?“, fragte Lilly. Sie hoffte auf eine Spielkameradin.

Herr Ehlers durchschaute Lilly und lachte. „Natascha ist 23 und arbeitet in unserem Restaurant. Zum Spielen ist sie nicht die Richtige. Aber in der Nachbarschaft gibt es Kinder in eurem Alter.“

Während Mama und Papa nun das Gepäck in die Ferienwohnung brachten und auspackten, erkundeten Lilly und Nikolas die Gegend. In der Nähe des Weinguts stand auf einer Wiese eine gewaltige Eiche mit einem Baumhaus aus grob gesägten Brettern. Eine Strickleiter baumelte unter der Einstiegsluke. Dort befand sich außerdem ein Gebilde, dessen Zweck Nikolas nicht ganz klar war. An einem Gestänge war eine Plattform befestigt, die man mittels einer Seilwinde und einer Kurbel nach oben ziehen konnte. Nikolas begutachtete alles und beschloss hineinzuklettern. „Kommst du mit, Lilly?“, fragte er seine Schwester.

Lilly wollte gerade nicken, als sie plötzlich abgelenkt wurde. Ein leiser, melancholischer Gesang war zu hören. Eine helle Frauenstimme sang: *„Ich weiß nicht, was soll es bedeuten, dass ich so traurig bin.“*

Lilly fühlte sich von dem Lied magisch angezogen und ging in Richtung der Stimme.

„Ein Märchen aus uralten Zeiten, das kommt mir nicht aus dem Sinn.“

Als Lilly um die Ecke des Gasthauses blickte, sah sie eine ältere Dame, die Wäsche aufhängte. Sie trug ein luftiges, rotes Kleid, und ihre weißen Haare waren zu einem lockeren Knoten aufgesteckt.

„Die Luft ist kühl und es dunkelt, und ruhig fließt der Rhein.“ Die Stimme der alten Dame war lieblich und glockenklar.

„Der Gipfel des Berges funkelt im Abendsonnenschein.“

Wie verzaubert hörte Lilly zu, traute sich aber nicht, die Sängerin anzusprechen.

„Die schönste Jungfrau sitzet, dort oben wunderbar. Ihr gold'nes Geschmeide blitzet, sie kämmt ihr gold'nes Haar.“

Als der Wäschekorb leer war, verstummte die alte Dame und verschwand um die Ecke. Lilly überlegte, wer sie wohl gewesen war, und was es mit dem geheimnisvollen Lied von der Jungfrau mit dem goldenen Haar auf sich hatte.

Nikolas war inzwischen in das Baumhaus geklettert. Es hatte zwei Räume mit je einem Fenster. In einem Zimmer lagen zwei Matratzen und zahlreiche Kissen auf dem Boden. Im zweiten Zimmer standen neben der Einstiegsluke fünf kleine Hocker und ein niedriger Tisch. Comic-Hefte, Limoflaschen, leere Chipstüten und Schokoladenpapierchen lagen herum. Es gab sogar eine Lampe, ein Verlängerungskabel wand sich um den Stamm der Eiche.

Nikolas erschrak, als er plötzlich angesprochen wurde. „Coole Hütte, oder?“ Ein blonder Junge, etwa in Nikolas' Alter, steckte den Kopf durch die Luke und lächelte freundlich. Nikolas schluckte, weil er ertappt worden war. Dann nickte er. „Ziemlich cool! Selbstgebaut?“

„Ja. Mein bester Freund Steve und ich haben das gebaut. Ich bin übrigens Simon.“

„Ich heiße Nikolas. 'Tschuldige, dass ich einfach so hier reingeklettert bin. Aber es sah so spannend aus.“

„Schon in Ordnung“, meinte Simon. „Seid ihr Feriengäste im Weingut drüben?“

„Ja, und du?“

„Ich wohne hier in der Nähe.“

„Ich hab noch eine Schwester, Lilly“, sagte Nikolas. Er warf einen Blick aus dem Fenster, um nach ihr zu sehen.

„Da kommt sie gerade. Lilly, wir sind hier oben!“

Lilly begann, die Leiter ins Baumhaus hinaufzuklettern.

„Ich hab auch eine Schwester, Anna. Ich glaub, Lilly ist ungefähr so alt wie Anna. Steve hat auch noch ’ne Schwester, Marla. Die ist elf.“

„Vielleicht können wir ja mal zusammen spielen“, meinte Nikolas.

Simon nickte. „Gerne. Morgen vielleicht. Heute Abend bin ich schon mit Steve verabredet.“ Simon grinste geheimnisvoll. Inzwischen war Lilly oben angekommen.

„Lilly, hast du gehört? Simon und seinem Freund Steve gehört das Baumhaus. Und die beiden haben jeder noch eine Schwester.“

Lilly strahlte.

„Genau genommen sind wir zu fünft“, wandte Simon ein. „Anna und ich haben noch einen Bruder, Daniel. Aber Daniel kann nicht immer ins Baumhaus mitkommen, und wenn, dann kann er nicht klettern, sondern wir müssen ihn hochleiern.“

„Hochleiern?“, fragte Lilly.

Simon deutete auf die Plattform mit der Seilwinde. „Er setzt sich da drauf, und wir kurbeln ihn hoch.“

Lilly und Nikolas sahen Simon verständnislos an. „Aber warum?“

„Daniel ist krank“, antwortete Simon. „Seine Lunge arbeitet nicht richtig, er darf sich nicht anstrengen. Keinen Sport und so. Selbst das Hochklettern auf der Strickleiter ist für ihn zu schwer.“

„Der Arme!“, rief Lilly erschrocken.

„Damit er trotzdem ins Baumhaus kann, haben Steve und ich die Seilwinde gebaut", erklärte Simon stolz.

„Das ist cool! Und echt nett", fand Nikolas. „Ich freu' mich drauf, deine Geschwister und Freunde kennenzulernen."

Dann wandte sich Lilly an Simon: „Da drüben im Garten war eben eine alte Dame, die ganz wunderbar gesungen hat. Weißt du, wer das war?"

„Das war bestimmt die Oma vom ‚Weingut Ehlers'. Die singt oft so ein altes Lied und erzählt von früher. Sie ist ein bisschen merkwürdig", antwortete Simon.

Lilly nickte nachdenklich. Dann sagte sie: „Aber jetzt müssen wir zurück, Mama und Papa suchen uns bestimmt schon."

Sie verabschiedeten sich und gingen zurück zur Ferienwohnung. Mama und Papa hatten ausgepackt und überlegten, was sie noch machen könnten.

„Zum Abendessen ist es noch zu früh, lasst uns einen Spaziergang machen! Heute Abend essen wir hier im Gasthof", meinte Papa.

„Ja, und ihr trinkt Wein", grinste Nikolas.

DIE JUNGFRAU MIT DEM GOLDENEN HAAR

Vom Weingut führte ein Spazierweg durch die Weinberge. Auf steilen Schieferhängen standen in Reih und Glied unzählige Rebstöcke. Ihre grün belaubten Äste waren an gespannten Drähten befestigt. Erste Trauben waren schon zu sehen, aber noch längst nicht reif.

„Vielleicht erklärt uns Herr Ehlers ja mal, wie Wein hergestellt wird", meinte Mama.

Sie genossen den herrlichen Ausblick über den Rhein, entdeckten die *Burg Gutenfels*, die man aber leider nicht besichtigen konnte, und kehrten zum Abendessen zum Gasthof zurück. Sie suchten sich einen Tisch auf der Rheinterrasse und bestellten bei Natascha, der Tochter von Winzer Ehlers, regionale Spezialitäten, Traubensaft für Lilly und Nikolas, und für Mama und Papa Riesling, einen typischen Weißwein aus der Gegend.

Lilly ging hinein zur Toilette. Als sie zurückkam, saß an einem Tisch die alte Dame, deren Gesang sie am Nachmittag gehört hatte.

„Ach, wenn ich doch meine Krone wieder hätte", murmelte sie, über den Tisch gebeugt. „Ach, wie gerne würde ich die Krone der Loreley noch einmal tragen." Lilly blieb stehen.

Natascha kam gerade mit einem Tablett vorbei. „Suchst du etwas?"

Lilly schüttelte den Kopf. „Nein, ich frage mich, worüber die Dame dort redet."

Natascha lächelte. „Ach so. Das ist meine Oma Grete. Sie redet oft über merkwürdige Sachen von früher. Wundere dich nicht."

„Heute Mittag habe ich sie draußen wunderschön singen hören", erzählte Lilly.
„Ja, sie singt gerne, am liebsten das Lied von der Loreley. Die hat es ihr irgendwie angetan." Natascha musste weiterarbeiten und brachte das Tablett zu einem Tisch.
Lilly nahm all ihren Mut zusammen und ging zu Oma Grete. „Guten Abend. Ich habe Sie heute Nachmittag singen gehört. Das klang sehr schön", sagte sie.
Die alte Dame hob den Blick. „Danke schön. Es freut mich, dass dir mein Lied gefallen hat. Es ist mein Lieblingslied."
„Wovon handelt es? Wer ist die Jungfrau mit dem goldenen Haar?"
Die alte Dame richtete sich auf. Ihre Augen funkelten. „Das ist die Loreley! Komm setz dich, dann erzähle ich dir von ihr." Sie klopfte auf den freien Platz neben sich. Lilly rutschte auf die Eckbank und hörte zu.
„Die Loreley ist eine Nixe, eine der fünf Töchter von Vater Rhein", begann Oma Grete. „Vater Rhein?", fragte Lilly erstaunt. „Aber der Rhein ist doch ein Fluss?"
„Das ist richtig, aber weil der Rhein so geduldig die Schiffe der Menschen auf seinem Rücken trägt, weil er den Menschen im Sommer Abkühlung durch seine Fluten verschafft und im Herbst und Winter die Weinberge vor Frost schützt, nennen die Menschen ihn seit jeher ‚Vater'." „Verstehe", nickte Lilly.
Die alte Dame fuhr fort: „Die Loreley vermisste ihren Liebsten, einen Prinzen, so sehr, und um auf ihn zu warten, setzte sie sich auf einen Felsen, hoch über dem Rheinufer. Dort sang sie ein trauriges Lied und kämmte ihr blondes Haar, das in der Sonne glänzte wie Gold. Die Schiffer, die unten vorbeifuhren, sahen zu ihr hinauf und waren von ihrem Gesang und ihrer

Schönheit so abgelenkt, dass sie vergaßen, auf die Strudel im Rhein zu achten. Ihre Schiffe liefen auf Grund und sanken."

„Wirklich?", fragte Lilly erstaunt.

„So lautet die Sage. Es stimmt jedenfalls, dass viele Schiffe beim *Loreleyfelsen* gesunken sind. Es ist sehr schwierig, dort zu manövrieren, weil der Rhein eine enge Kurve macht."

Lilly fiel wieder ein, was Oma Grete zuvor gesagt hatte. „Hat die Loreley eine Krone aufgehabt?"
Der Mund der alten Dame verzog sich zu einem verschmitzten Lächeln. „Ob die Loreley aus der Sage eine Krone getragen hat, weiß ich nicht. Aber als ich Loreley war, da hatte ich eine Krone. Das ist lange her, da war ich noch jung. Ach, wie gerne würde ich die Krone noch einmal tragen!"
Lilly runzelte die Stirn. Sie konnte sich keinen Reim darauf machen. Nataschas Oma war die Loreley gewesen? Ob das stimmte? Natascha hatte ja gesagt, ihre Oma würde manchmal merkwürdige Dinge erzählen.
Bevor Lilly nachfragen konnte, wurde das Essen serviert, und sie musste zum Tisch der Eltern zurückkehren.
Während Natascha Teller und Besteck verteilte, fragte Lilly sie: „Was hat es mit deiner Oma und dieser Krone auf sich? Sie hat gesagt, sie wäre früher die Loreley gewesen!"
Verdutzt sahen Nikolas und die Eltern Lilly an.
Natascha antwortete: „Das stimmt wirklich. In manchen Gegenden gibt es eine Weinkönigin, und hier im Mittelrheintal gibt es eine Loreley-Repräsentantin. Das sind junge Frauen, die als Loreley für unsere Gegend Werbung machen und bei Festen oder im Fernsehen auftreten. Irgendwann in den 1960er-Jahren war meine Oma die Loreley-Repräsentantin. Sie redet oft davon, vor allem, dass sie diese Krone – so eine Art Diadem – noch einmal tragen möchte." Natascha seufzte. „Aber diese Krone ist verschwunden, und Oma nervt uns alle seit Jahren damit. So, und nun lasst es euch schmecken!"
Während des Essens fragte Nikolas: „Was hat es denn jetzt mit dieser Loreley auf sich?" Bevor Mama etwas sagen konnte, platzte Lilly schon mit der Geschichte heraus, die sie von Oma Grete gehört hatte.

„Morgen möchte ich als Erstes zum *Loreleyfelsen* und mir anschauen, wo sie gesessen hat", schloss Lilly ihren Bericht.

Mama stimmte zu. „Das machen wir, ich finde die Sage auch faszinierend. Außerdem soll der Ausblick von dort sehr schön sein."

„Vielleicht finden wir ja die Krone von Oma Grete?", überlegte Lilly.

Nikolas lachte. „Da wäre ich mir nicht so sicher. Dann müsste sie ja schon seit über fünfzig Jahren dort liegen."

„Trotzdem!", beharrte Lilly. „Es wäre doch schön, wenn Oma Grete die Krone wiederbekäme."

In diesem Augenblick bekam Papa eine Nachricht auf sein Handy und sah gleich nach. Sein Gesichtsausdruck veränderte sich von einem skeptischen Blick zu einem breiten Grinsen.

„Das gibt's ja nicht", murmelte er.

„Was ist denn?", erkundigte sich Mama.

„Das ist unglaublich!" Papa sah auf. „Wir haben doch Tickets für *Rhein in Flammen*. Alle, die ein Ticket gekauft haben, nehmen an einer Verlosung teil. Lilly, Nikolas – ihr habt gewonnen. Ihr dürft übermorgen an einem Workshop über *Rhein in Flammen* teilnehmen und hinter die Kulissen schauen. Ist das nicht großartig?"

Nikolas war sofort begeistert. „Echt? Das ist ja super, dann erfahre ich mehr über Feuerwerk und Pyrotechnik!"

Auch Lilly freute sich. „Das ist bestimmt total spannend!"

Die Familie gönnte sich noch einen Nachtisch, dann gingen sie in ihre Ferienwohnung, um sich schlafen zu legen. Während Lilly noch über die Krone der Loreley nachdachte, stellte sich Nikolas bereits das große Feuerwerk vor.

ZWISCHEN KATZ UND MAUS

Am nächsten Morgen waren Lilly und Nikolas früh auf den Beinen. Während Mama den Rucksack packte und Papa das Frühstück vorbereitete, gingen die beiden nach unten. Dort trafen sie Oma Grete. Lilly stellte ihr ihren Bruder vor.

„Was werdet ihr heute unternehmen?“, fragte Oma Grete.

„Wir wollen zum *Loreleyfelsen*“, berichtete Lilly.

Oma Grete bekam einen wehmütigen Blick. „Ach ja, der *Loreleyfelsen*. Da habe ich als Loreley damals auch gesessen.“ Sie lächelte. „Der Ausblick von dort ist wunderschön. Man kann *Burg Katz* und *Burg Maus* von dort aus sehen.“

Lilly und Nikolas kicherten. „Das sind ja lustige Namen.“

„Wisst ihr, warum die Burgen so heißen?“, fragte Oma Grete. Die Geschwister schüttelten den Kopf.

„Nun, *Burg Maus* wurde vom Trierer Erzbischof im 14. Jahrhundert erbaut. Sie hieß ursprünglich *Burg Peters*eck und diente der Verteidigung gegen die Grafen von Katzenelnbogen, die auf der anderen Rheinseite in *Burg Rheinfels* residierten. Die ließen sich das aber nicht bieten und bauten eine zweite Burg in unmittelbarer Nachbarschaft zu *Burg Peterseck*: *Burg Neukatzenelnbogen*. Im Volksmund nannte man sie bald nur noch *Burg Katz* – und weil die Katz ja bekanntlich die Maus frisst, wurde aus *Burg Peterseck* schließlich *Burg Maus*.“ Die Kinder lachten.

„Kann man sie besichtigen?“ fragte Lilly.

„*Burg Maus* kann mit einer Führung besichtigt werden, *Burg Katz* ist in Privatbesitz. Sie gehört einem japanischen Unternehmer. Er hörte in seiner Schulzeit das Lied von der Loreley, das auch ich so gerne mag. Seitdem hat ihn die Loreley nicht mehr losgelassen, und er hat sich diese Burg ganz in der Nähe gekauft. Ich bräuchte ja gar keine Burg, mir würde meine Krone schon reichen." Oma Grete seufzte.

„Wie schade, dass Ihre Krone verschwunden ist. Es wäre toll, wenn Sie sie wiederbekämen", meinte Lilly.

„Haben Sie eine Vermutung, wo sie sein könnte?", fragte Nikolas.

„Auf dem Dachboden vom Weingut steht eine alte Truhe, in der ich Erinnerungsstücke aufbewahre. Dort könnte die Krone sein. Aber man muss mit einer Leiter hinaufklettern. Das kann ich mit meinen 78 Jahren nicht

mehr. Meinen Sohn und meine Enkelin möchte ich nicht bitten, die haben immer so viel zu tun."

Lilly horchte auf. Eine alte Truhe auf dem Dachboden? Das klang spannend. „Aber wir könnten dort hinaufklettern!" rief sie.

„Das würdet ihr tun?" Die alte Dame strahlte. „Ihr müsst nach einer großen, dunkelbraunen Truhe Ausschau halten. Auf dem Deckel steht mein Name." Sie lächelte. „Dort könnte die Krone drin sein."

Auch Nikolas war jetzt interessiert. Auf dem Dachboden von Oma und Opa zu Hause hatten sie schon viele spannende Dinge gefunden.

Bevor sie fragen konnten, wo der Dachboden war, riefen Mama und Papa zum Frühstück. „Tschüss, bis später!", verabschiedeten sie sich von Oma Grete.

Nach dem Frühstück brachen sie auf zum *Loreley-Plateau*. Die Strecke führte direkt am Rheinufer entlang. Glitzernd begleitete der Rhein sie auf der rechten Seite, während links schroffe Schieferfelsen aufragten, an denen Weinstöcke wuchsen.

„Du liebe Güte, ist das steil!", rief Mama.

„Das ist bestimmt anstrengend, dort Trauben zu pflücken", sagte Lilly.

„Da muss man ja bergsteigen können", meinte Nikolas.

„Wir fragen nachher Herrn Ehlers, er wird eine kleine Führung übers Weingut machen", sagte Papa.

In St. Goarshausen bogen sie vom Rhein ab und fuhren in engen Serpentinen bergauf zum *Loreleyfelsen*. Vom Parkplatz aus konnte man zwar weder den Felsen noch den Rhein sehen, Lilly entdeckte jedoch sofort den Wegweiser zur Sommerrodelbahn *Loreley-Bob*.

„Nikolas, schau! Eine Sommerrodelbahn! Mama, dürfen wir?"

Mama nickte. „Später gerne, aber zuerst gehen wir zum Felsen."

Nach wenigen Minuten Fußmarsch über einen breiten Weg erreichten sie das berühmte Felsplateau. Gut gesichert durch stabile Geländer konnte man den sensationellen Ausblick bewundern. Der Rhein schlängelte sich in einer engen Schleife um die Felsformation herum. Zu beiden Seiten des Flusses fuhren Autos und Züge wie in einer Spielzeuglandschaft vorbei. Papa erklärte: „Die Ortschaft auf dieser Rheinseite ist St. Goarshausen, und gegenüber liegt St. Goar."

Die Kinder entdeckten außerdem zwei Burgen. „Das müssen *Burg Katz* und *Burg Maus* sein", sagte Lilly.

„Davon hat Oma Grete erzählt", erklärte Nikolas und erzählte den Eltern die Geschichte um die beiden Burgen.

„Das ist wirklich ein wunderschöner Ort", stellte Mama zufrieden fest. Schon lange hatte sie davon geträumt, hierher zu reisen.

Lilly pflichtete ihr bei: „Wenn ich die Loreley gewesen wäre, dann hätte ich mich auch genau hierhin gesetzt."

5. BURG OHNE RITTER

Nachdem sie eine Menge Fotos gemacht hatten, wanderten sie wieder zurück in Richtung Parkplatz und kamen am Besucherzentrum vorbei.
„Wollen wir reingehen?", fragte Mama. Die Kinder nickten. Sie betraten das runde Gebäude, zahlten und sahen sich die Ausstellung an. Hier erfuhren sie, dass viele Dichter schon im 18. Jahrhundert gern an den Rhein gereist waren, weil sie die Landschaft besonders romantisch fanden. Auf einer beleuchteten Tafel konnte man zahlreiche Gedichte und Geschichten über die Loreley nachlesen. Dort entdeckte Lilly auch das Lied, das Oma Grete gesungen hatte. Es hieß „Ich weiß nicht, was soll es bedeuten", und der Text stammte von Heinrich Heine. Erst später hatte sich Friedrich Silcher eine Melodie dazu ausgedacht.
Eine Schautafel informierte sie darüber, dass die Berge ringsum aus Schiefer bestanden. Starker Druck auf die Felsen hatte vor etwa 400 Millionen Jahren im Devon-Zeitalter dafür gesorgt, dass sich einzelne Gesteinsschichten bildeten, die man voneinander abspalten konnte.
„Ist das der gleiche Schiefer wie auf Hausdächern?", fragte Lilly.
„Ja, genau", antwortete Papa. „Schau, hier steht, dass man im 19. Jahrhundert auf die Idee kam, Hausdächer nicht länger mit Stroh zu decken, das leicht Feuer fangen konnte, sondern Schiefer zu verwenden. Viele Bewohner des Mittelrheintals waren seit dieser Zeit im Schieferbergbau tätig."
Die Geschwister lasen weiter auf den Infotafeln. Das Schiefergebirge und auch der Fluss speicherten zudem tagsüber die Wärme der Sonne und

gaben sie nachts an die Umgebung ab, sodass das Klima am Rhein sehr angenehm war. Das nutzten schon die Römer, um Wein anzubauen. Auch Tiere profitierten von dem milden Wetter. Das Mittelrheintal bot einen geschützten Lebensraum für Arten, die sonst eher im Süden Europas zu finden waren.

„Nikolas!“ rief Lilly plötzlich aufgeregt. „Komm mal her!“

Nikolas folgte dem Ruf seiner Schwester. Sie deutete auf ein gerahmtes Bild von einer schwarzhaarigen jungen Frau, die auf dem *Loreleyfelsen* saß und ihr Haar kämmte. „Gisela Koch, erste Loreley 1950“ stand darunter.

Nikolas verstand sofort, was Lilly meinte. „Die erste der jungen Frauen, die als Loreley Werbung für ihre Gegend machten.“

Lilly kicherte. „Aber golden war ihr Haar nicht.“

„Vielleicht gibt es auch ein Foto von Oma Grete“, überlegte Nikolas laut.

Sie sahen sich um, konnten aber keine weiteren Bilder entdecken.

„Komm, wir fragen mal.“ Lilly war schon unterwegs zur Info-Theke und schilderte ihr Anliegen.

„Es gibt auf unserer Homepage Bilder von allen Loreley-Repräsentantinnen. Wenn ihr möchtet, könnt ihr sie anschauen“, bot die Dame von der Loreley-Touristik an, rief die Seite auf und drehte den Bildschirm so, dass Lilly und Nikolas die Bilder sehen konnten.

„Marlene Schmidt, Christa Salziger, Ursula Hammerl, Margareta Seewald, Ingrid Klein, Bettina Lenz…“, las Lilly vom Bildschirm ab. „Keine Grete Ehlers.“ Sie wandte sich enttäuscht an Nikolas. „Schade!“

„Das tut mir leid“, sagte die Dame. „Ich hätte euch gerne geholfen.“

Sie gingen zurück zu Mama und Papa, die gerade beschlossen hatten, sich zum Abschluss den Film mit tollen Luftaufnahmen des Mittelrheintals anzusehen.

Danach machten sich alle gemeinsam auf den Weg zur *Sommerrodelbahn Loreley-Bob*. Lilly und Nikolas durften je zweimal fahren und sausten mit Vergnügen die Bahn hinunter. Währenddessen entdeckten sie einen großen Spielplatz und stürmten nach der letzten Fahrt dorthin. Nikolas enterte sofort die große Kletterlandschaft.
„Schau mal, eine Kugelbahn!“, rief Lilly. Von ihrem Ferientaschengeld zog sie am Automaten eine Kugel, die sie dann durch einen fantasievollen Parcours mit Weinflaschen und einer detailgetreuen Nachbildung des Mittelrheintals rollen ließ. Sogar eine geschnitzte Loreley gab es.
Schließlich überredeten die Geschwister Mama und Papa noch zu einer Runde „Pit-Pat“. Dabei musste man Bälle mit Hilfe von Billardqueues über Hindernisse bewegen, ähnlich wie beim Minigolf, nur dass die Parcourslandschaft auf Tischen stand.
„Puh, jetzt hab ich aber Hunger!“, verkündete Mama, und sie sahen sich um. In unmittelbarer Nähe fanden sie den „Loreley-Biergarten“, in dem sie zu Mittag aßen und sich ausruhten. Gestärkt brachen sie schließlich wieder auf und besuchten die Loreley-Statue. Die Bronzefigur thronte auf einer Landzunge im Rhein vor St. Goarshausen. Die Familie ließ es sich nicht nehmen, ein Selfie mit der berühmten Sagengestalt zu machen.
Anschließend besichtigten sie die *Burg Pfalzgrafenstein* bei Kaub, eine Zollburg, die auf einer Insel mitten im Fluss lag. Von dort aus wurden ab dem 14. Jahrhundert Handelsschiffe, die den Rhein passieren wollten, mit einem Signal zum Anhalten aufgefordert, damit sie den Zoll in der Zollstation Kaub bezahlten.
Nikolas betrachtete das Bauwerk, dessen Mauern an einer Seite spitz zuliefen, eingehend. „Irgendwie sieht die Burg selbst aus wie ein Schiff“, meinte er.

Der Fährmann der kleinen Personenfähre, die sie auf die Insel brachte, hörte das und erklärte:
„Die Burg ist tatsächlich wie ein Schiff geformt, damit sie der Strömung des Rheins besser standhält. Sie wurde schon im 14. Jahrhundert gebaut und hat sich doch ganz gut gehalten, oder was meint ihr?“
Die Kinder nickten.
Sie legten an, und ein kurzer Weg führte vom Schiffsanleger zum Eingang der Burg. Die weiß verputzten Mauern mit rötlichen Verzierungen ringsum trugen schwarze Schieferdächer, und in der Mitte der Burg stand ein gewaltiger Turm. Im Innenhof gab es einen umlaufenden überdachten Gang.
„*Burg Pfalzgrafenstein* ist eine der wenigen Burgen am Rhein, die nie zerstört wurden“, berichtete nun der Mann vom Burgenteam und führte sie in die Burg. Im Inneren fanden sich jedoch nur ein paar zweckmäßige Möbel, hölzerne Truhen und einige Kanonen.
„Gibt es hier keinen Rittersaal?“, fragte Nikolas.
Ihr Begleiter antwortete: „Leider nicht. Im 17. Jahrhundert gab es zwar auf der Burg eine Besatzung, aber keine echten Ritter. Deshalb ist die Ausstattung eher spartanisch. Aber kommt mit, ich zeige euch etwas.“
Er führte sie zu einem tiefen Loch im Boden mit einer Klappe darüber.
„Es gab immer wieder Schiffer, die keinen Zoll zahlen wollten. Wenn man sie erwischte, nahm man sie innerhalb der Burg in Haft. Manchmal sperrte man sie für eine Weile in dieses enge, dunkle Loch. Spätestens wenn der Pegel des Rheins stieg und das Loch sich mit Wasser füllte, überlegten es sich die Meisten anders und zahlten ihre Zeche.“
Lilly machte große Augen. „Puh, das ist ja gruselig!“
„Tja, das Mittelalter war eine finstere Zeit und nicht so romantisch, wie wir uns das heute vorstellen“, sagte Papa.

VON TRAUBEN ZUM WEIN

Nachdem sie mit der Fähre wieder ans Ufer zurückgekehrt waren, machten sie sich auf den Rückweg. Manfred Ehlers hatte versprochen, ihnen das Weingut zu zeigen und etwas über den Weinanbau zu erzählen. Als sie ihn auf dem Hof trafen, legte er auch gleich los.

„Ihr habt ja sicher gesehen, dass es hier viele Weinberge – ‚Wingerten' genannt – gibt. Der Wein gedeiht in dieser Gegend gut. Das liegt daran, dass die Weintrauben an den steilen Hängen viel Sonne abbekommen und der Schieferboden Wärme speichert. Aber nicht nur die Natur sorgt für süße Trauben, auch wir Winzer tragen dazu bei. Wir lassen die Rebstöcke nicht einfach wachsen, wie sie möchten. Im Winter schneiden wir sie so weit zurück, dass nur noch zwei starke Triebe übrigbleiben. Auch im Frühjahr und Sommer werden immer wieder Triebe entfernt, damit sich die Pflanze auf die stärksten Äste konzentrieren kann."

„Warum sind die Weinstöcke eigentlich an Drähten festgebunden?", fragte Lilly.

„Das erleichtert uns im Herbst die Weinlese. Man nennt das Anbinden übrigens ‚Erziehung'. Würden wir die Pflanzen wuchern lassen, entstünde ein ziemlicher Urwald, und es wäre sehr umständlich, die Trauben zu pflücken."

„Werden die Trauben mit der Hand gepflückt oder mit Maschinen?", wollte Mama wissen. „Beides ist möglich. Beim maschinellen Lesen rüttelt eine spezielle Maschine, ein sogenannter ‚Traubenvollernter', die Trauben von der Pflanze. Ist der Weinberg sehr steil, muss von Hand gelesen werden. Das ist nicht ungefährlich, und man braucht viele helfende Hände, denn oft hat man für die Lese nur ein oder zwei Tage. Man will ja möglichst viele Sonnentage abwarten, muss aber fertig sein, bevor der Herbstregen einsetzt, denn Regen schadet den Trauben."

„Und was passiert, wenn alle Trauben gepflückt ... nein, gelesen sind?"

Manfred Ehlers führte sie nun in eine Scheune neben dem Gasthaus. Dort stand ein großer Behälter aus Edelstahl mit einer Wanne darunter. „Dann werden die Trauben hier in diese Trommel gefüllt. Im Inneren wird eine Art Ballon aufgeblasen, der presst den Saft heraus."

Sie folgten Herrn Ehlers in einen weiteren, großen Raum und kamen an einer Leiter vorbei, die zu einer Luke in der Decke führte.

Lilly stieß Nikolas an. „Schau mal dort. Ob es da zum Dachboden geht, von dem Oma Grete erzählt hat?", flüsterte sie.

„Kann sein. Lass uns später nachsehen", flüsterte ihr Bruder zurück.

Manfred Ehlers deutete auf eine Reihe großer Edelstahltanks. „Dort wird der Saft hineingepumpt, es wird Hefe zugesetzt, und dann beginnt die alkoholische Gärung. Der Zucker aus dem Traubensaft wird in Alkohol umgewandelt. Nach zwei bis drei Wochen ist Wein entstanden. Anschließend wird der Wein des Geschmacks wegen noch eine Weile in Holzfässern gelagert. Am Ende wird er in Flaschen gefüllt und verkorkt, denn Luft schadet dem Geschmack. Und vom guten Geschmack möchten Sie sich doch sicher selbst überzeugen." Herr Ehlers holte aus einem Schrank mehrere Flaschen und Gläser. Lilly und Nikolas schenkte er je ein Glas Traubensaft ein.

„Hmm, ist der lecker!" Nikolas leckte sich die Lippen.

„Und so schön süß!", meinte Lilly. „Also, meinetwegen müsste man daraus keinen Wein machen."

Inzwischen hatte Herr Ehlers den Eltern Weißwein eingeschenkt.

„Das ist ein Riesling, typisch für diese Gegend. Bei der Weinverkostung schauen Sie zunächst, ob der Wein klar ist. Als Nächstes riechen Sie sein Bouquet, also den Duft des Weines, mit dem sich auch seine Qualität beurteilen lässt. Schließlich nehmen Sie einen Schluck in den Mund, saugen etwas Luft ein und lassen das Aroma sich entfalten. Klassischerweise wird der Wein danach ausgespuckt, aber das müssen Sie nicht machen." Herr Ehlers stellte dennoch einen Behälter zum Ausspucken bereit.

„Spuckt man den Wein aus, wenn er nicht schmeckt?", wunderte sich Lilly.

„Nein. Man spuckt ihn aus, weil man viele verschiedene Weine probieren möchte. Würde man alles trinken, wäre man rasch betrunken. Außerdem betäubt Alkohol die Geschmacksnerven, und man hätte von den letzten Weinen nicht mehr viel."

„Wir müssen ja heute nicht mehr fahren und auch nicht so viel verkosten", meinte Mama, prostete Papa zu, trank und schluckte den Wein hinunter.

„Aber nor einen wönzigen Schlock“, sagte Papa und lachte. Mama und Herr Ehlers lachten ebenfalls. Lilly und Nikolas sahen die Erwachsenen verständnislos an.

„Das ist ein Zitat aus einem alten Film, er heißt ‚Die Feuerzangenbowle‘. Darin erklärt ein Lehrer im Chemieunterricht seiner Klasse die alkoholische Gärung, und jeder Schüler darf einen Schluck Wein versuchen. Danach tun alle so, als wären sie betrunken, um den Lehrer zu veräppeln“, erklärte Papa.

Jetzt kicherten auch Lilly und Nikolas. „Den Film müssen wir uns mal ansehen.“

Während Mama und Papa sich mit Manfred Ehlers über verschiedene Weine unterhielten, stahlen sich Lilly und Nikolas heimlich davon. Sie

kehrten zurück zu der Leiter. Nikolas kletterte hinauf und öffnete die Luke, hinter der sich tatsächlich der Dachboden befand. Lilly folgte ihm.

Anscheinend kam selten jemand hierher, denn über alten Möbeln, Kisten und Vasen lag eine dicke Staubschicht. Sie entdeckten ein Spinnrad, einen Sonnenschirm, zwei Koffer und einen alten Kinderwagen voller Spinnweben. In einer Ecke stieß Lilly tatsächlich auf eine Truhe. Auf dem Deckel klebte ein vergilbter Zettel mit der Aufschrift „Margareta“.

„Nikolas, komm her, ich glaub, ich hab die Truhe gefunden“, raunte Lilly.

„Aber da steht Margareta und nicht Grete drauf“, wunderte sich ihr Bruder.

Lilly schlug sich mit der flachen Hand vor die Stirn. „Mensch, wir sind ja doof. Oma Grete heißt bestimmt gar nicht Grete. Das ist vielleicht nur ihr Spitzname, und sie heißt Margareta!“

„Du hast recht – es gab doch eine Loreley, die hieß Margareta Seewald, das ist sie vielleicht. Wahrscheinlich heißt sie erst Ehlers, seit sie geheiratet hat!“

„Dass wir da nicht gleich drauf gekommen sind!“ Lilly schüttelte den Kopf.

Nikolas öffnete den Deckel, und sie fanden ihre Theorie bestätigt. Obenauf lag eine Schärpe, ein seidenes, hellblaues Band mit verschnörkelten Buchstaben darauf. „Margareta Seewald, Loreley 1963–1965“, las Lilly vor.

Direkt daneben lag ein überdimensional großer, goldener Kamm. „Der Kamm der Loreley!“, rief Lilly entzückt. „Da wird sie sich freuen.“

„Aber wo ist die Krone?“ Gemeinsam räumten die Geschwister die Truhe aus. Sie enthielt viele Erinnerungsstücke: Briefe, Fotos, Bücher, Schmuck und getrocknete Blumen. Eine Krone fanden sie jedoch nicht.

Lilly und Nikolas räumten bis auf Schärpe und Kamm alles wieder ein, schlossen die Truhe und kletterten nach unten. Sie suchten Oma Grete und fanden sie auf der Terrasse in der Abendsonne.

„Überraschung!", rief Lilly. „Wir waren auf dem Dachboden! Die Krone haben wir nicht gefunden, aber etwas anderes." Sie legte ihr die Schätze in den Schoß.

Die Augen der alten Dame begannen zu leuchten. „Meine Schärpe! Und der Kamm!", rief sie erfreut. Sie griff sich schmunzelnd in ihre grauen Haare. „Kaum zu glauben, dass ich mal eine goldblonde Mähne hatte, was? Ich bin ja schließlich aus gutem Grund zur Loreley gewählt worden."

„Wir haben ein Bild von Ihnen gesehen", berichtete Lilly. „Im Besucherzentrum der *Loreley*. Wir haben Sie gar nicht erkannt."

Nikolas rief auf seinem Handy die Seite der Loreley-Touristik auf und zeigte Oma Grete den Bildschirm. Als sie das alte Foto von sich sah, stiegen ihr Tränen in die Augen.

„Sie sehen hübsch aus auf dem Bild", sagte Lilly.

„Ach, wie lange ist das her. Kinder, ihr wisst ja gar nicht, welche Freude ihr mir damit macht. Meine Familie versteht nicht, wie sehr ich an den Erinnerungen hänge, aber es war so eine wunderschöne Zeit als Loreley. Ich war auf unzähligen Festen, habe Interviews gegeben, nette Menschen kennengelernt und bin viel gereist. Aber schade, dass die Krone nicht auch in der Truhe war."

„Ja, wirklich schade!"

Nikolas sah auf die Uhr. „Lilly, wir müssen los, es gibt bestimmt gleich Abendessen."

Sie verabschiedeten sich, flitzten zur Ferienwohnung und kamen gleichzeitig mit Mama und Papa dort an, die noch Wein und Saft gekauft hatten. Gemeinsam kochten sie Reis mit Gemüse.

BEGEGNUNG MIT DARTH VADER

„Dürfen wir noch ein bisschen draußen spielen?“, fragte Nikolas nach dem Essen. Er hatte die Hoffnung, Simon wiederzutreffen. Die Eltern erlaubten es gern und beschlossen, den Sonnenuntergang auf dem Balkon zu genießen.

Nikolas’ Hoffnung wurde nicht enttäuscht. Als sie beim Baumhaus ankamen, hörten sie von oben Stimmen.

„Hallo? Simon?“, rief Nikolas von unten.

Simons blonder Schopf tauchte in der Luke auf. Er grinste, als er Nikolas und Lilly sah. „Hi! Kommt rauf!“

Die Geschwister erklommen die Leiter. Im Baumhaus saßen neben Simon noch ein älterer Junge und zwei Mädchen. Simon stellte sie als seine Schwester Anna und ihre Freunde Steve und Marla vor. Während Anna ebenso strohblond war wie ihr Bruder, hatten Steve und Marla dichtes, dunkles Haar.

Die Kinder machten sich miteinander bekannt. Nikolas begrüßte Steve mit Handschlag. Sein Blick fiel auf Steves Halskette mit einem großen, silbernen Drachenanhänger.

„Cooler Anhänger!“, meinte Nikolas bewundernd. „Magst Du auch gern Drachen?“

Steve nickte. „Ich lese am liebsten Fantasy-Bücher mit Drachen.“ Steve drehte den Anhänger in seiner Hand. „Das ist der Drachen aus meinem Lieblingsbuch.“

Anna wandte sich gleich an Lilly: „Gefällt es euch hier? Was habt ihr heute gemacht?“

Lilly erzählte von ihrem Ausflug zum *Loreleyfelsen*.

„Und was habt ihr morgen vor?“, fragte Simon.

„Morgen machen wir was Cooles!“ Begeisterung lag in Nikolas’ Stimme. „Wir haben einen Workshop bei *Rhein in Flammen* gewonnen. Da dürfen wir hinter die Kulissen schauen und erfahren hoffentlich was über das Feuerwerk.“

Mit einem Mal verdüsterte sich Annas bis eben noch fröhliches Gesicht, und auch Simon machte eine traurige Miene.

„Was ist denn los?“, fragte Lilly verwundert.

Anna seufzte tief.

„*Rhein in Flammen* ist gerade kein gutes Thema", brummte Steve.
„Es ist wegen Daniel", sagte Simon. „Ich hab euch doch erzählt, dass unser Bruder krank ist."
„Er würde so gerne bei *Rhein in Flammen* dabei sein, so richtig mittendrin auf einem Schiff auf dem Rhein. Aber das geht leider nicht", erklärte Anna. „Wegen seiner kranken Lunge darf er sich nicht anstrengen. Er kann nicht weit laufen, sondern braucht einen Rollstuhl."
„Oh, wie schade", meinte Lilly mitfühlend.
„Warum kann er denn nicht mit dem Rollstuhl auf dem Schiff mitfahren? Es gibt doch Plätze für Rollifahrer", fragte Nikolas.
„Ja, schon, aber auf den Schiffen sind immer viele Leute und es ist sehr eng. Das Gedrängel regt Daniel auf, er bekommt Angst und Atemnot und braucht Sauerstoff. Er müsste also außerdem noch sein Sauerstoffgerät dabei haben, das kann man nur schlecht unterbringen auf so einem Ausflugsschiff. Und wahrscheinlich ginge es ihm danach ein paar Tage lang schlechter. Wir haben schon hin und her überlegt, wie es gehen könnte. Er liebt Feuerwerk so sehr." Anna seufzte wieder.
„Aber wir haben schon eine Idee, wie Daniel zu seinem Feuerwerk kommt", sagte Steve und zwinkerte Simon vielsagend zu.
Marla warf Steve einen bösen Blick zu und machte ein undefinierbares Zeichen mit der Hand. Dann wandte sie sich an Lilly und Nikolas. „Das mit dem Workshop klingt cool. Wo ist der denn eigentlich?"
„Auf *Burg Klopp* in Bingen. Von dort aus wird das Feuerwerk dann teilweise auch gezündet", antwortete Nikolas.
„Wissen wir!" Steve winkte ab.
„Steve und ich sind schon ganz oft auf der Burg gewesen. Unser Vater ist Hausmeister dort", erklärte Marla.

„Kann sein, dass ich sogar heute Abend noch mal dort bin“, prahlte Steve. Marla blickte ihn mit unverhohlenem Ärger an, und Simon gab ihm einen Stoß in die Seite.

„Sei bloß still!“, zischte er.

Lilly und Nikolas blickten von einem zum anderen, verstanden aber nicht, was da vor sich ging.

Anna wechselte mit einem Mal das Thema. „Möchtet ihr Daniel eigentlich mal kennenlernen? Er hat sich schon hingelegt, aber er schläft bestimmt noch nicht.“

„Gerne!“

Die Kinder kletterten aus dem Baumhaus. Marla und Steve verabschiedeten sich, und Lilly und Nikolas liefen mit Anna und Simon zu deren Haus in einer Parallelstraße.
„Mist, ich hab meinen Schlüssel vergessen“, sagte Simon und drückte auf die Klingel. „Familie Lehmann“, stand daran.
Eine Frau, die ebenso blond war wie Simon und Anna, öffnete.
„Hi Mama, wir wollen Daniel Lilly und Nikolas vorstellen. Die machen Urlaub drüben im Weingut, bei Ehlers“, sagte Simon.
Die Mutter nickte. „Hallo ihr beiden. Daniel ist oben. Macht nicht so lange, er ist ziemlich müde, und morgen früh hat er einen Arzttermin.“
Sie gingen nach oben. Dort betraten sie ein Jungenzimmer mit Bett, Schrank, Schreibtisch, Bücherregalen, Kisten voller Lego und einem riesigen „Star Wars“-Poster. Neben dem Bett standen ein Monitor mit leuchtenden Anzeigen und ein kofferförmiger Apparat, aus dem es leise zischte. Ansonsten wirkte das Zimmer ganz alltäglich.
Auf dem Bett saß ein schmaler Junge mit blassem Gesicht und sah von seinem Buch auf. Von seinen Ohren liefen zwei dünne, durchsichtige Röhrchen zur Nase und endeten direkt vor seinen Nasenlöchern. Die anderen Enden der Röhrchen trafen sich unter seinem Kinn und führten zu dem zischenden Gerät.
„Hi, Bruderherz, wir bringen Besuch mit. Das sind Nikolas und Lilly.“
„Hallo!“ Daniel hob die Hand zum Gruß. Am Zeigefinger trug er eine Sonde, die durch ein Kabel mit dem Monitor verbunden war.
Lilly und Nikolas begrüßten ihn. Lilly zeigte auf die Kabel und Röhrchen. „Tut das weh?“, fragte sie.
Daniel schüttelte den Kopf. „Nein, überhaupt nicht.“
„Was ist das?“, wollte Nikolas wissen und deutete auf Monitor und Sonde.

„Das ist ein Pulsoxymeter. Der misst über die Haut, wie viel Sauerstoff in meinem Blut ist. Wenn es zu wenig ist, bekomme ich zusätzlichen Sauerstoff über die Sauerstoffbrille in die Nase."

„Ach so. Ich bin übrigens auch ‚Star Wars'-Fan", sagte Nikolas mit Blick auf das Poster. Daniel grinste: „Wenn mein Sauerstoffgerät zu hoch eingestellt ist, dann mache ich Geräusche wie Darth Vader. Pass mal auf."

Er drehte an einem Regler und atmete ein. Es zischte und röchelte und hörte sich wirklich an wie der berühmte Bösewicht aus den Kinofilmen.

„Luke, ich bin dein Vater!", sagte Daniel mit verstellter Stimme und dem Keuchen des Sauerstoffgerätes im Hintergrund.

Im Nu war ein Gespräch über Raumschiffe, Han Solo und Luke Skywalker im Gange. Während die Jungs ein Star-Wars-Kartenspiel begannen, nahm Anna Lilly mit in ihr Zimmer, um ihr ihre beiden Kaninchen zu zeigen.

Doch schließlich bat Frau Lehmann die Besucher zu gehen. „Ihr könnt gern wieder kommen, aber Daniel braucht seinen Schlaf. Manche Dinge sind für ihn anstrengender als für gesunde Kinder."

Lilly und Nikolas verabschiedeten sich.

„Wie doof, dass Daniel immer dieses Sauerstoff-Dings tragen muss", sagte Lilly auf dem Rückweg. „Da kann man gar nicht richtig rennen und klettern."

Nikolas nickte. „Aber ich fand Daniel voll nett. Wie schade, dass er nicht beim Feuerwerk dabei sein kann. Hattest du auch den Eindruck, dass die anderen irgendein Geheimnis haben?"

Lilly nickte. „Ja, ich glaube auch. Vielleicht finden wir es noch heraus."

An diesem Abend fanden sie jedoch gar nichts mehr heraus, außer dass sie sehr müde waren. In ihrem Zimmer steckten beide nur noch kurz die Nase in ihre Urlaubslektüre, bevor ihnen die Augen zufielen.

FEUERWERK UND DIEBE

Am nächsten Morgen waren Lilly und Nikolas ganz hibbelig und freuten sich auf den Workshop. Sie waren extra früh aufgestanden, denn der Workshop begann bereits um 9 Uhr. Vorher mussten sie noch mit der Autofähre von Kaub aus ans andere Rheinufer übersetzen, denn in der Nähe gab es keine Brücke über den Fluss.

In Bingen lieferten die Eltern Lilly und Nikolas in der *Burg Klopp* ab. Sie wunderten sich über zwei Polizeiwagen, die im Hof standen. Vermutlich wurden bereits erste Absicherungen für das Feuerwerk vorgenommen. In einem Besprechungsraum der dort ansässigen Stadtverwaltung warteten bereits weitere Teilnehmer und der Pyrotechniker Herr Winter auf sie. Er begrüßte sie freundlich.

„Viel Spaß! Wir holen euch um 11 Uhr wieder ab", verabschiedeten sich die Eltern. Sie wollten sich in der Zwischenzeit Bingen ansehen.

Aus dem Raum nebenan hörten Lilly und Nikolas laute Gesprächsfetzen. Im Flur telefonierte eine Polizistin mit dem Handy.

„Nein, keine Spuren eines Einbruchs. Die Türen sind unversehrt, Fenster auch", hörten sie sie sagen. „Es wäre kaum aufgefallen, es fehlen nur wenige Feuerwerkskörper. Aber die Siegel sind beschädigt."

Lilly und Nikolas sahen einander fragend an. Was ging da vor?

„Ich bitte um Entschuldigung, dass es hier so hektisch zugeht", sagte Herr Winter. „Es hat heute Nacht einen Einbruch auf der Burg gegeben. Feuerwerkskörper wurden gestohlen. Die Kriminalpolizei untersucht gerade den Fall."

Lilly blickte Herrn Winter erschrocken an: „Gibt es dann gar kein Feuerwerk?“

„Doch, zum Glück sind nur wenige Feuerwerkskörper gestohlen worden. Davon wollen wir uns aber den Spaß an unserem gemeinsamen Workshop nicht verderben lassen.“

Herr Winter berichtete zunächst über die Geschichte der „Rhein in Flammen“-Feuerwerke: „Schon 1756 soll zu Ehren des damaligen Kurfürsten ein Feuerwerk am Rhein stattgefunden haben. In den 1930er-Jahren wurde der Rhein zwischen Linz und Bad Godesberg bei Köln mit bengalischen Lichtern erleuchtet.“

Herr Winter wandte sich an die Zuhörer. „Wer weiß, was bengalische Lichter sind?“

Nikolas erinnerte sich an den Chemieunterricht und konnte die Frage beantworten. „In Bengalos verbrennt vor allem Magnesium sehr hell und heiß. Meistens raucht es auch.“

„Besser hätte ich es auch nicht erklären können“, lobte Herr Winter. „Man mischt noch verschiedene Nitrate bei, um unterschiedliche Farben zu erzeugen. Wir werden am Ende unseres Workshops gemeinsam ein bengalisches Feuer herstellen.“

Lilly und Nikolas tauschten freudige Blicke. Das versprach, interessant zu werden.

„Auch beim *Rhein in Flammen* werden bengalische Feuer eingesetzt, um die Burgen am Rheinufer farbig in Szene zu setzen. Wir Pyrotechniker arbeiten mit allen Tricks, um den Gästen ein spektakuläres Schauspiel zu bieten.“

Er zeigte ihnen Feuerwerkskörper, die von professionellen Pyrotechnikern verwendet wurden.

„Die sehen ganz anders aus als Silvesterraketen.“

Nikolas betrachtete die in grau-braunes Papier eingeschlagenen, tennisballgroßen Kugeln. Daran waren elektronische Zünder befestigt und Aufkleber mit Bezeichnungen wie „Brokatkrone“, „Goldweide“ oder „Schweifkomet“.

Herr Winter betonte, wie wichtig eine gute Planung und akkurate Vorbereitung war.

„Das gilt sowohl für die Herstellung von Feuerwerkskörpern als auch später beim Abbrennen. Pyrotechniker sind zwar große Künstler, aber sie müssen ihr Handwerk beherrschen, sonst ist es gefährlich!“

Am Ende stellte Herr Winter wie versprochen gemeinsam mit den Teilnehmern ein bengalisches Feuer her. Alle versammelten sich um einen Tisch mit verschiedenen Chemikalien. „Wir vermischen Kaliumchlorat und Zucker. Dann geben wir etwas Strontiumnitrat für die rote Farbe hinzu.“

Auf einer feuerfesten Unterlage und hinter einer durchsichtigen Schutzwand zündete er das Gemisch mithilfe einer Wunderkerze an.

Gleißend hell und strahlend rot verbrannte die Mischung zur großen Begeisterung der Zuschauer.
„Ich hätte nicht gedacht, dass in Feuerwerkskörpern Zucker drin ist“, staunte Lilly.
Zum Abschluss mahnte Herr Winter eindringlich: „Bitte denkt daran: Macht so etwas nie zu Hause! Feuerwerk ist gefährlich. Überlasst das immer den Profis! Und viel Spaß beim *Rhein in Flammen*!“
Lilly und Nikolas verließen *Burg Klopp* und warteten draußen auf Mama und Papa. Lilly setzte sich auf eine Bank, während Nikolas im Hof umherstreifte. Plötzlich bückte er sich und hob etwas Glänzendes vom Boden auf.
„Was hast du da?“, fragte Lilly.
Nikolas setzte sich neben sie und zeigte ihr, was er gefunden hatte: einen silbernen Anhänger, der einen Drachen darstellte.
„Der sieht genauso aus wie der Anhänger, den Steve gestern getragen hat“, sagte Nikolas.
„Wirklich? Vielleicht ist es seiner“, meinte Lilly. „Er hat doch gestern gesagt, er müsste noch mal auf die Burg. Vielleicht war er mit seinem Vater hier und hat den Anhänger verloren?“
„Stimmt.“ Jetzt erinnerte sich auch Nikolas. „Ich nehme ihn mit und gebe ihn Steve zurück.“ Er steckte den Anhänger in seine Hosentasche.
„Ob Steve etwas von dem Diebstahl mitbekommen hat?“, überlegte Lilly.
„Ich glaube nicht, die Diebe waren doch bestimmt mitten in der Nacht hier. Aber wir können ihn vielleicht heute Abend fragen.“
In diesem Augenblick kamen Mama und Papa um die Ecke. Begeistert erzählten die Kinder, was sie im Workshop erfahren hatten.

BAUMGEISTERJAGD

„Und was habt ihr gemacht?", erkundigte sich Lilly.

„Wir waren im *Hildegarten*", erzählte Mama.

„*Hildegarten*? Was soll das sein?" Die Kinder sahen sie fragend an.

Mama erklärte: „Der Garten ist Hildegard von Bingen gewidmet, einer Gelehrten des Mittelalters. Sie wurde in einem Benediktinerkloster erzogen, und später gründete und leitete Hildegard ein eigenes Kloster hier bei Bingen. Sie war sehr klug und hat sich mit vielen Dingen beschäftigt. Viele Menschen fragten sie um Rat. Außerdem hat sie viele Schriften verfasst. Am bekanntesten sind ihre Werke über die Heilkraft der Natur und die Behandlung von Krankheiten durch Heilkräuter. Viele dieser Kräuter werden noch heute verwendet. Einen Teil dieser Heilkräuter hat man in einem kleinen Garten am Rheinufer angepflanzt, dem *Hildegarten*."

„Ach so!"

Mama erzählte weiter. „Außerdem waren wir im *Museum am Strom*. Dort gibt es eine Ausstellung zum Leben von Hildegard von Bingen und sogar einen Erstdruck ihres bekanntesten Werkes Namens *Physica* aus dem Jahr 1533."

„Wollen wir noch den Bergfried von *Burg Klopp* besichtigen, wenn wir schon hier sind?", schlug Papa vor.

Die Kinder nickten und sie stiegen gemeinsam auf den Turm. Von der Plattform aus hatte man wieder eine wunderbare Aussicht auf den Rhein und die umliegende Landschaft.

„Was ist denn das?“, riefen Lilly und Nikolas fast gleichzeitig, blickten aber in unterschiedliche Richtungen. Nikolas deutete auf eine Statue auf der gegenüberliegenden Rheinseite. Lilly zeigte auf einen hell verputzten Turm, der auf einer kleinen Insel im Rhein stand.

Papa lachte. „Einer nach dem anderen! Also, das Denkmal ist das *Niederwalddenkmal.* Es erinnert an den Sieg im Krieg gegen Frankreich und die Gründung des deutschen Reiches 1871. Das wollen wir uns auch ansehen, aber nicht heute. Der Turm dort ist der *Binger Mäuseturm.* Dazu gibt es eine Geschichte ...“

Bevor Papa weitererzählen konnte, rief Lilly: „Das wollen wir heute Abend von Oma Grete hören! Sie kann das so toll, und hat uns ja auch schon etwas über die Loreley und die Burgen erzählt.“

Papa zog die Augenbrauen zusammen. „Soso, meine Geschichte ist euch also nicht gut genug?“, sagte er streng, zwinkerte aber Mama zu. So schlimm fand er es also doch nicht.

Sie gingen zum Auto zurück, verließen Bingen und fuhren ein paar Kilometer in Richtung Wald. Nicht weit von der Stadt stellten sie das Auto auf einem Wanderparkplatz ab und brachen zu einem kleinen Spaziergang auf. „*Steckeschlääferklamm*“ stand auf einem Schild am Waldrand.

„Ich habe gehört, hier soll es Baumgeister geben. Wir können sie jetzt suchen oder hören, was Oma Grete heute Abend dazu zu sagen hat“, sagte Papa.

„Jetzt suchen!“ Lilly und Nikolas stürzten los.

Vor ihnen lag in einem Wäldchen ein idyllisches Tal, das von einem kleinen Bachlauf durchzogen wurde, die *Steckeschlääferklamm.* Immer wieder überquerten kleine Holzbrücken das Bächlein auf dem sanft abfallenden Weg.

„So, und wo sind die Baumgeister?“ Lilly sah sich suchend um. „Da ist einer!“, rief sie und deutete auf ein geschnitztes, bemaltes Gesicht mit großen Augen und knolliger Nase, das einen Baumstamm zierte. Nur wenig später wurde auch Nikolas fündig.

Jetzt waren die Geschwister kaum zu halten. Alle paar Meter entdeckten sie neue Baumgeister, große und kleine, freundlich dreinschauende und gruselige Gesichter. Sie taten ihre Freude durch laute Jubelrufe kund. Einige andere Familien waren ebenfalls unterwegs, sodass der gesamte Wald von kindlicher Begeisterung erschallte.

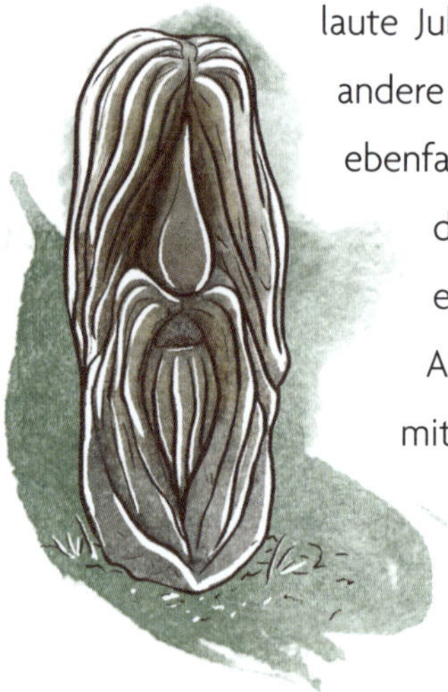

Am Ende des Weges überboten sich die beiden mit den gezählten Geistern.

„Ich habe 25 gesehen!“, prahlte Lilly.

„Und ich 28!“, triumphierte Nikolas.

Sie traten den Rückweg an der Oberseite der Klamm an und fanden dort noch eine detailreich geschnitzte Hexe in Lebensgröße auf einer hölzernen Bank. Weil ihnen der Platz so gut gefiel, beschlossen sie, dort zu rasten, und packten das Picknick aus.

„Und wasch machen wir jetscht noch?“, fragte Nikolas mit vollem Mund.

„Wenn wir schon mal auf dieser Seite des Rheins sind, sehen wir uns *Burg Rheinstein* an“, sagte Papa.

So machten sie sich nach dem Picknick auf den Rückweg zum Auto und erreichten nach nur wenigen Kilometern Fahrt *Burg Rheinstein*, die imposant auf einem Felsen direkt über dem Fluss thronte. Sie hatten Glück und ergatterten einen Parkplatz direkt neben dem steilen Weg, der zur Burg hinaufführte.

„Puh, ganz schön anstrengend!", fand Lilly.

Oben angekommen, zahlte Papa den Eintritt und kaufte einen Burgführer für Kinder. Dann durften sie die Burg auf eigene Faust besichtigen.

Nikolas blätterte in dem bunten Heft. „Wow, die Burg wurde schon vor über 700 Jahren gebaut", sagte er.

Lilly schaute ihm beim Lesen über die Schulter. „Und ein echter Prinz hat hier mit seiner Prinzessin gewohnt." Sie fing an zu kichern. „Die hießen Friedrich Wilhelm und Wilhelmine Luise."

Sie liefen durch den *Halsgraben*, eine Verteidigungsanlage der Burg, in der man früher nachts Wachhunde hatte frei herumlaufen lassen. Lilly entdeckte die beiden Zwinger, in denen man die Hunde tagsüber eingesperrt hatte.

„Das finde ich blöd, dass die Hunde im Käfig sein mussten. Wenn ich einen Hund hätte, dürfte der immer bei mir sein und in meinem Bett schlafen."

Sie erreichten den *Burgundergarten*. Blumen blühten dort um einen Brunnen herum.

„Das war der Lieblingsplatz der Prinzessin!", las Lilly aus dem Burgführer vor. „Das kann ich verstehen."

Sie kamen an der Burgküche, dem Eiskeller und dem Verlies vorbei. Der Rittersaal, in dem man Gäste empfangen und Feste gefeiert hatte, gefiel Nikolas besonders gut. „Hier würde ich auch gern mal meinen Geburtstag feiern! An der großen Tafel da würden wir alle sitzen und Bratwurst mit

Pommes essen. Und da drüben ...“, er deutete zu dem prachtvoll verzierten Kamin, „... würden wir dann Marshmallows grillen.“

Sie stiegen ein Stockwerk nach oben. Lilly hatte sich schon informiert. „Das ist die Prinzessinnenetage! Hier hat ... Wie hieß sie noch gleich? Ach ja, Prinzessin Wilhelmine! ... gewohnt.“

Fasziniert betrachtete Lilly das Himmelbett mit den hellgelben Vorhängen. „Das sieht gemütlich aus. So ein Bett hätte ich ja auch gerne, aber ansonsten gefällt mir unser Zimmer zu Hause besser."
Immer wieder gab es zwischendurch traumhafte Ausblicke auf den Rhein, besonders vom Schreibzimmer des Prinzen aus, das sich in einem Turm befand. „So ein Arbeitszimmer würde ich auch nehmen", seufzte Mama.
„Besser nicht. Sonst würdest du nur den ganzen Tag aus dem Fenster schauen und kämst nicht zum Arbeiten", witzelte Papa.
„Ja, das stimmt wohl." Mama lachte.
Die Familie machte sich wieder an den Abstieg. Zum Abendessen wollten sie einen Abstecher in den Weinort Bacharach machen. Bevor sie in ein Gasthaus einkehrten, erkundeten sie die Stadt und folgten den engen Gassen, die sich zwischen Fachwerkhäusern hindurchschlängelten. Die vier gingen an der historischen Stadtmauer entlang und stiegen, als Nikolas eine Treppe entdeckt hatte, sogar auf die Mauer hinauf.
„Bestimmt sind hier früher Wachen entlanggelaufen und haben nach Feinden Ausschau gehalten", überlegte er.
Neben einem weiß verputzten Wachturm, dem Münzturm, stiegen sie wieder von der Mauer herunter. „Seht mal! Hier fließt ein Fluss direkt unter der Stadtmauer hindurch!", rief Lilly. Bei näherem Hinsehen stellten sie fest, dass der Fluss sogar unter einigen Häusern entlangfloss.
Von Weitem waren zwei Burgen zu sehen. Papa erkundigte sich rasch im Internet und fand heraus, dass *Burg Stahlberg* nur noch als Ruine erhalten und in *Burg Stahleck* eine Jugendherberge untergebracht war.
„Das ist bestimmt total cool, in einer Burg Ferien zu machen." Nikolas war beeindruckt. Aber da er großen Hunger hatte und die Eltern inzwischen ein Restaurant ansteuerten, vergaß er diesen Gedanken schnell wieder.

ERTAPPT!

Nach dem Essen kehrte die Familie mit der Fähre zurück auf die andere Rheinseite und zur Ferienwohnung. Während Mama und Papa sich ausruhten, suchten Lilly und Nikolas zuerst Oma Grete, und wollten anschließend nachsehen, ob Simon, Anna, Steve und Marla im Baumhaus waren.

Oma Grete fanden sie auf ihrem Lieblingsplatz auf der Terrasse. Sie freute sich über den Besuch der Kinder. Die Loreley-Schärpe trug sie über ihrem Kleid und machte einen zufriedenen Eindruck.

„Heute waren wir beim *Binger Mäuseturm*. Sie müssen uns unbedingt die Sage dazu erzählen!", bat Nikolas.

„Gern!" Oma Grete richtete sich in ihrem Stuhl auf und begann zu erzählen: „Einst lebte in Mainz Bischof Hatto, ein hartherziger Mann ohne Mitgefühl für seine Untertanen. Als eines Tages eine Hungersnot ausbrach, verkaufte Hatto das Getreide aus seinen gut gefüllten Kornkammern zu Wucherpreisen und gab den Armen, die um Brot bettelten, nichts davon ab. Im Gegenteil, er ließ sie kurzerhand in eine Scheune sperren und zündete sie an."

Lilly ballte die Hände zu Fäusten. „Wie gemein! Die armen Menschen." Der Gedanke an diese Abscheulichkeit machte sie traurig und wütend zugleich.

„Das ist doch nur eine Sage, Lilly", beschwichtigte ihr Bruder sie.

Oma Grete fuhr fort. „Aus der brennenden Scheune hörte man die Schreie der Menschen, die sich in Hattos Ohren wie Mäusequieken anhörten."

Lilly hielt sich die Ohren zu, als könne sie die Schreie tatsächlich hören. „Das ist so grausam!"

Oma Grete schaute sie besorgt an. „Soll ich lieber nicht weitererzählen?"

Nach kurzem Zögern antwortete Lilly: „Doch, ich möchte wissen, wie die Geschichte ausgeht."

„Als die Scheune niedergebrannt war, quoll aus der Asche eine riesige Schar grauer Mäuse hervor, die den Bischof in seinem Palast heimsuchte, sodass er fliehen musste. Aber wohin er auch ging, die Tiere folgten ihm wie eine graue Schleppe."

Lilly hielt vor lauter Spannung die Luft an.

„Schließlich versuchte der Bischoff, sich mit einem Kahn auf einen Turm bei Bingen, mitten im Rhein, als letzte Zuflucht zu retten. Doch auch über das Wasser folgten ihm die Mäuse. Im Turm fand man wenig später nur noch Hattos Knochen. Die Mäuse hatten ihn bei lebendigem Leib aufgefressen."

Endlich atmete Lilly wieder aus.

„Das ist ja eine echte Schauergeschichte!", sagte Nikolas.

„Aber wenigstens hat der Bischof seine Strafe bekommen", sagte Lilly. „Ich hab mich echt gegruselt. Und deshalb nennt man den Turm heute *Mäuseturm*?", fragte sie.

„Nun ja, vermutlich leitet sich der Name eher vom mittelhochdeutschen Wort ‚musen' ab. Es bedeutet lauern oder Ausschau halten", sagte Oma Grete lächelnd.

„Vielen Dank fürs Erzählen." Die Kinder verabschiedeten sich von Oma Grete und liefen nach draußen. „Lass uns nachsehen, ob Simon und die anderen da sind", meinte Lilly.

„Ja, wir wollen doch Steve seinen Anhänger zurückgeben." Nikolas zog den silbernen Drachen aus seiner Hosentasche.

Die Kinder flitzten zum Baumhaus.
Auf dem Weg dorthin fiel Lilly ein Stück Papier ins Auge. Sie schüttelte den Kopf. „Dass die Leute aber auch überall ihren Müll hinwerfen müssen."
Nikolas warf einen flüchtigen Blick darauf und stutzte. „Zeig mal her!"
Seine Schwester hielt ihm das Papier hin. Es war ein Stück graubraunes Papier mit einem Aufkleber darauf.
„Schweifkomet", las Lilly vor.
„Das ist doch ein Stück von der Verpackung der Feuerwerkskörper! Wie kommt das hierher?", fragte Nikolas aufgeregt.
Lilly blickte in Richtung Baumhaus. „Meinst du, Steve und die anderen haben was mit dem Diebstahl zu tun? Immerhin haben wir Steves Anhänger dort gefunden." Sie sah Nikolas fragend an.
Nikolas nickte langsam. „Das befürchte ich fast. Weißt du noch, gestern Abend? Steve hat so komische Andeutungen gemacht. Und sie wollten doch unbedingt, dass Daniel das Feuerwerk sehen kann."
„Oh weh!", seufzte Lilly.
„Komm, lass uns nachsehen, ob sie da sind!" Nikolas lief auf das Baumhaus zu, und Lilly folgte ihm.
Schon von Weitem hörten sie laute, aufgeregte Stimmen.
„Ihr habt ja nicht mehr alle Tassen im Schrank!", hörten sie Anna sagen.
„Aber wir waren uns doch einig, dass Daniel den *Rhein in Flammen* erleben soll. Er wünscht es sich so sehr." Das war Steve.
„Ja, schon, aber doch nicht so!"
„Wir kriegen mächtigen Ärger."
Lilly und Nikolas kletterten die Strickleiter hoch, und weil die anderen so laut redeten, bemerkten sie die neuen Freunde erst, als die die Köpfe durch die Luke streckten. Wie am Vorabend saßen Simon, Anna, Marla und

Steve um den Tisch. Auf dem Boden verteilt lagen eine Menge Pappröhren, in Papier eingepackte Kugeln mit Zündvorrichtungen daran und kleine Kartons mit einer Flamme und einem Explosionssymbol darauf. Hektisch versuchte Steve, alles zusammenzuraffen und in einem großen Karton verschwinden zu lassen, aber es war zu spät.

Nikolas deutete auf die Gegenstände. „Das sind Feuerwerkskörper!", sagte er anstelle einer Begrüßung. Genau so hatten die ausgesehen, die Herr Winter ihnen gezeigt hatte. „Wo habt ihr die her?", fragte Lilly.

Steve verschränkte die Arme vor der Brust. „Gekauft!", sagt er feindselig. „Was dachtest du denn?"

„Ich glaube eher, gestohlen. Gestohlen auf *Burg Klopp*. Wahrscheinlich mit dem Schlüssel deines Vaters", sagte Nikolas.

Das betretene Schweigen sagte ihm, dass er voll ins Schwarze getroffen hatte. Anna begann zu schluchzen, ansonsten war es mucksmäuschenstill, bis Lilly sich traute zu fragen: „Aber warum denn bloß?"

Simon begann stockend zu berichten. „Ihr wisst doch, dass Daniel so gerne bei *Rhein in Flammen* dabei wäre, auf einem Schiff. Er ist so traurig, dass es nicht klappt. Wir haben die ganze Zeit überlegt, wie wir ihn trösten können."

Simon blickte zu Steve. „Dann hatten wir die Idee, ein kleines Feuerwerk für Daniel in unserem Garten zu machen. Während am Rhein das große Feuerwerk abgebrannt wird, würde das bestimmt nicht auffallen. Aber man kann nur vor Silvester Feuerwerksraketen kaufen. Doch auf *Burg Klopp*, da wird ein paar Tage vor der großen Veranstaltung das ganze Zeug gelagert ..."

Simon brach ab. Anna schluchzte wieder.

Nikolas vervollständigte die Geschichte. „Und da habt ihr den Schlüssel von Steves Vater genommen, seid gestern Abend in die Burg gegangen und habt Feuerwerkskörper geklaut. Von jedem ein bisschen, damit es nicht auffällt. Aber ihr habt nicht daran gedacht, dass die Kisten versiegelt sind, und es ist dummerweise aufgefallen, dass einige Siegel gebrochen waren."

„Deshalb habt ihr gestern so geheimnisvoll getan", stellte Lilly fest.

„Woher wisst ihr das eigentlich?", schniefte Anna.

Lilly antwortete: „Wir waren doch heute bei diesem Workshop. Da haben wir mitbekommen, dass die Polizei wegen eines Diebstahls ermittelt. Außerdem haben wir deinen Drachen-Anhänger gefunden." Nikolas drückte dem verdutzten Steve den Anhänger in die Hand.

Anna hatte sich wieder etwas beruhigt. „Wir wollten Daniel seinen großen Wunsch erfüllen, aber doch nicht so. Wir hatten ausgemacht, wir tun nix Verbotenes. Aber die Jungs", sie deutete anklagend auf Simon und Steve, „sind dann im Alleingang gestern in die Burg."

„Wenn unser Vater das erfährt, gibt das so was von Ärger, das sag ich dir!" Marla blitzte Steve an und schien auch sauer auf die Jungs zu sein.

Steve zuckte die Achseln. „Er muss es ja nicht erfahren!"

„Ach ja? Und wie willst du ihm erklären, wo wir das Feuerwerk herhaben, wenn es hier im Garten abgefackelt wird? Schon vergessen? Er ist Hausmeister auf *Burg Klopp* und hat einen Generalschlüssel. Ihn fragen sie als Erstes, ob er was damit zu tun hat!", fauchte Marla.

Steve ließ die Schultern hängen. „Und was sollen wir jetzt machen?" Er blickte in die Runde.

„Am besten, ihr sagt erstmal euren Eltern alles", schlug Lilly vor. Abgesehen davon, dass sie es nicht leiden konnte, wenn jemand log, hatte sie die Erfahrung gemacht, dass es immer besser war, mit den Eltern zu reden, wenn man etwas angestellt hatte.

Nikolas bestätigte: „Wenn ihr alles zugebt, bevor sie rausfinden, dass ihr es wart, dann werdet ihr bestimmt nicht so streng bestraft." Er hatte in der Schule gehört, dass es bei der Polizei positiv bewertet wurde, wenn man zugab, etwas falsch gemacht zu haben, und Reue zeigte.

„Es war wirklich eine bescheuerte Idee", gab Simon zu. „Ihr habt recht, wir müssen versuchen, das wieder geradezubiegen."

„Sollen wir mitkommen?", fragte Nikolas. „Dann wird das Donnerwetter vielleicht nicht so schlimm?"

Simon schüttelte den Kopf. „Danke, das ist nett von euch, aber ich glaube, es ist nicht nötig."

Die Kinder verließen das Baumhaus. Lilly und Nikolas kehrten zur Ferienwohnung zurück, während ihre Freunde mit hängenden Schultern nach Hause gingen, um ein Geständnis abzulegen.

EIN BLICK HINTER DIE KULISSEN

Als Lilly am nächsten Morgen aufwachte, hatte sie ein ungutes Gefühl im Bauch. Sie dachte sofort an ihre Freunde, die gestern Abend ihren Eltern hatten sagen müssen, dass sie Mist gebaut hatten. Wie es ihnen wohl ergangen war? Lilly stand auf und wollte Nikolas wecken, doch er war ebenfalls bereits wach.

„Denkst du auch an Simon und Steve?", fragte sie.

Nikolas nickte.

„Was ihre Eltern wohl gesagt haben?", überlegte Lilly.

„Begeistert werden sie nicht gewesen sein. Stell dir vor, wir müssten Mama und Papa beichten, dass wir was geklaut haben", meinte Nikolas.

„Das will ich mir lieber nicht vorstellen." Lilly seufzte. „Komm, wir gehen frühstücken."

Nach dem Frühstück brachen sie zu einem Ausflug auf, der die Geschwister von den Sorgen um ihre Freunde erst einmal ablenkte. Die Eltern hatten nichts verraten, Papa hatte nur etwas von „Überraschung" gemurmelt. Nach einer Stunde Fahrt am Rhein entlang überquerten sie den Fluss und erspähten das Ortsschild der Stadt Mainz.

„Der Rhein ist hier übrigens die Grenze zwischen Hessen und Rheinland-Pfalz und Mainz ist die rheinland-pfälzische Landeshauptstadt ", erklärte Papa.

Sie fuhren auf ein Gelände, an dessen Eingang ein Schild mit der Aufschrift „ZDF – Zweites Deutsches Fernsehen" stand.

„Wir besuchen das ZDF?", staunte Nikolas.
Papa nickte. „Ja, hier in Mainz, auf dem Lerchenberg, ist das Sendezentrum des ZDF. Das sehen wir uns jetzt an."
„Sind wir dann live im Fernsehen?", fragte Lilly. Sie war bereits in der Zeitung gewesen und hatte in einem Kinofilm mitgespielt – ein Fernsehauftritt wäre eine wunderbare Ergänzung!
Mama lachte. „Nein, ich glaube nicht. Aber wir werden sicher sehen, wie so eine Fernsehsendung gemacht wird."
Sie waren zu einer Führung angemeldet und wurden gemeinsam mit den anderen Teilnehmern am Eingang von einer netten Dame abgeholt. Zuerst umrundeten sie im wahrsten Sinne des Wortes das Sendezentrum, denn das Hauptgebäude war rund.
„Das Sendezentrum wurde 1964 gebaut. Vorher sendete das ZDF von einem alten Bauernhof in Eschborn bei Frankfurt aus", erläuterte die Dame. „Die Fernsehansagerinnen wurden von Männern in Gummistiefeln getragen, damit sie sich ihre schicken Kleider und Schuhe nicht mit Matsch beschmierten."
Bei dieser Vorstellung mussten nicht nur die Kinder lachen. „Was sind denn bitte Fernsehansagerinnen?", fragte Nikolas, während sie weitergingen.
Mama grinste. „Früher wurde jede Fernsehsendung angekündigt. Hübsche, junge Damen erklärten, worum es geht."
„Das kann man doch im Internet nachsehen", meinte Nikolas.
„Heute kann man das, deswegen gibt es auch keine Ansagerinnen mehr."
Inzwischen waren sie beim Außendrehgelände des *ZDF-Fernsehgartens* angekommen. Die Musik-Sendung wurde schon seit 1986 sonntags live gesendet.

Im *Fernsehgarten* gab es eine überdachte Bühne und einen kleinen Pool mit einer weiteren kleinen Bühne. Ein Steg führte über das Wasser, ringsherum gab es Sitzplätze für die Zuschauer.

„Hier laufen dann die Stars entlang, wenn sie einen Auftritt haben." Lilly konnte sich erinnern, die Sendung bei Oma und Opa schon einmal gesehen zu haben.

Im Inneren des Gebäudes besichtigten sie eines der großen Fernsehstudios, in denen die Nachrichten, das aktuelle Sportstudio und andere Sendungen aufgezeichnet wurden. Kameras waren zu sehen, und an der Decke hingen unzählige Scheinwerfer und technische Ausrüstungsgegenstände. Der Hintergrund des Studios war grün, ansonsten war nur ein Moderationstisch zu sehen.

„Wir sehen hier einen sogenannten ‚Green-Screen'", erklärte die Führerin. „Der gesamte Hintergrund, den Sie während der Sendung an Ihrem Fernseher sehen, also Bilder, Texte und Logos, wird virtuell eingeblendet. Im Moment wird hier die Aufzeichnung der Sendung ‚Hallo Deutschland' vorbereitet. Das ist eine Boulevard-Sendung, die Promi-Nachrichten, Alltagsgeschichten und praktische Tipps vereint."

Dann erklärte die Führerin den „Teleprompter", eine vor der Kamera angebrachte Glasscheibe, auf der der Moderationstext eingeblendet wurde. So konnten die Moderatoren ihren Text bequem ablesen und dabei trotzdem in die Kamera sehen.

„Der Moderator einer Sendung muss immer darauf achten, dass er und die Gäste an der richtigen Stelle stehen, damit alle gut ausgeleuchtet sind", erläuterte die Frau und deutete auf verschiedenen Positionsmarkierungen am Boden.

Sie gingen weiter in den Regieraum, der zu jedem Studio gehörte. Zahllose

Monitore waren zu sehen, darunter Knöpfe und Schieberegler.

„Von hier aus werden Bild und Ton produziert, natürlich digital. Als öffentlich-rechtlicher Sender dürfen wir übrigens nicht senden, was wir wollen. Wir finanzieren uns ja aus den Rundfunk- und Fernsehbeiträgen, im Gegensatz zu Privatsendern, die ihre Einnahmen aus der Werbung beziehen. Wir haben einen Programmauftrag, der vom sogenannten Fernsehrat aufgestellt wird. Mindestens die Hälfte unserer Inhalte bestehen aus Informationen. Aber wir bieten auch Bildungsfernsehen, Kultur- und Unterhaltungssendungen an."

„Was wird denn heute bei ‚Hallo Deutschland' gesendet?", fragte Lilly.

Die Führerin warf einen Blick auf eine Liste. „Heute gibt es Beiträge über die schönsten Freibäder in Deutschland und über den Nachwuchs bei den Pandas im Berliner Zoo. Außerdem bringen wir diese Woche einen Beitrag über die Wahl zur neuen Loreley-Repräsentantin."

Lilly und Nikolas wurden sofort hellhörig. Die neue Loreley? Das mussten sie Oma Grete erzählen!

Zum Abschluss lernten sie noch die Mainzelmännchen kennen, die Maskottchen des ZDF. Die sechs lustigen, zwergartigen Comicfiguren namens Anton, Berti, Conni, Det, Edi und Fritzchen lockerten mit kurzen Clips das Programm und die Werbeblöcke auf. Lilly gefielen sie so gut, dass sie sich im ZDF-Shop von ihrem Ferientaschengeld einen Mainzelmännchen-Schlüsselanhänger kaufte.

DER MANN DES JAHRTAUSENDS

Nach der Führung aßen sie eine Kleinigkeit in der Kantine des ZDF und fuhren dann in die Mainzer Innenstadt. Papa erzählte, dass Mainz – einst Mogontiacum – von den Römern gegründet worden war. Auf dem Weg vom Parkhaus in die Altstadt erspähten sie mehrere Kirchtürme. Papa deutete auf einen von ihnen. „Das ist der *Mainzer Dom*, da gehen wir jetzt hin."

Sie erreichten das prächtige, rötliche Bauwerk mit den vielen Türmen, und Mama erklärte, das man mit dem Bau des Doms schon vor über 1000 Jahren begonnen hatte. Mehrmals teilweise zerstört, aber immer wieder auf-, um- und ausgebaut, vereinte er Elemente des romanischen, gotischen und barocken Baustils in sich. Als Architektin wusste Mama über so etwas Bescheid.

Im Inneren der Kirche gab es eine Fülle von Statuen, Gemälden, Grabdenkmälern und Schnitzarbeiten. Lilly gefiel das bronzene Taufbecken mit dem glockenförmigen Deckel besonders gut. „Das sieht aus wie eine riesengroße Glockenblume."

In der Gruft war durch eine Glasscheibe sogar ein Sarg zu sehen. „Hu, wie gruselig!", meinte Mama. Nikolas und Lilly gruselten sich überhaupt nicht, sondern diskutierten darüber, ob der metallene Tierkopf am Fußende des Sargs ein Hund oder ein Wolf war.

Als sie wieder draußen standen und das Bronzemodell des Doms betrachteten, fragte Lilly: „Wohin gehen wir jetzt?"

„Wir wollen uns jetzt mit dem ‚Man of the Millennium', dem Mann des Jahrtausends, befassen", meinte Papa schmunzelnd.
„Wer soll das sein? Superman?"
„Hm, in seiner Zeit war er schon so eine Art Superman, aber nicht, weil er fliegen konnte, sondern weil er etwas Revolutionäres erfunden hat – den Buchdruck."
„Gutenberg!", riefen Lilly und Nikolas gleichzeitig. Nikolas, weil er von Gutenberg schon in der Schule gehört hatte, und Lilly, weil sie den Schriftzug des gleichnamigen Museums entdeckt hatte.
„Warum ist es hier so düster?", fragte Lilly, als sie die im Halbdunkel liegenden Ausstellungsräume des *Gutenberg-Museums* betraten.
„Vielleicht haben sie den Strom nicht bezahlt", witzelte Nikolas.
Das hatte ein Herr von der die Aufsicht gehört und erklärte ihnen: „Alle unsere Exponate bestehen aus sehr altem Papier und sind äußerst lichtempfindlich. Deshalb ist es hier so dunkel, und Sie dürfen leider auch nicht fotografieren."
Als Erstes sahen sie sich im Kinosaal des Museums einen kurzen Film über Gutenberg an. Geboren wurde er um 1400 in Mainz als Johannes Gensfleisch. Seiner wohlhabenden Familie gehörte der Hof zum Gutenberg. Daraus entstand sein späterer Name. Nachdem er einige Jahre lang mit verschiedenen Druckverfahren experimentiert hatte, lieh er sich im Jahr 1448 Geld, gründete eine Druckwerkstatt und entwickelte die Drucktechnik, die die Welt der Bücher und der Informationsweitergabe revolutionieren sollte.
Im Anschluss an den Film gab es eine Vorführung an einer historischen Druckpresse. Ein bärtiger Mann in blauer Latzhose erklärte ihnen zunächst allerhand über den Buchdruck. „Gedruckt hat man schon lange vor

Gutenbergs Zeit. Aber die Buchstaben und Zeichen für eine ganze Seite wurden in einen einzigen Holzblock geschnitzt. Das dauerte lange, und machte man einen Fehler, musste man von vorne beginnen."
Der Herr wandte sich an Lilly und Nikolas. „Stellt euch mal vor, ihr schreibt in der Schule einen Aufsatz, macht am Ende einen Fehler und müsst alles neu schreiben."
Lilly verzog das Gesicht.
„Gott sei Dank gibt es Tintenkiller", flüsterte Nikolas seiner Schwester zu.
„Ganze Bücher konnte man auf diese Weise nicht drucken, deshalb wurden wichtige Bücher – wie die Bibel – handschriftlich kopiert. Die Herstellung einer einzigen Bibel dauerte zwei bis drei Jahre. Solche handschriftlichen Bibeln können Sie oben in der Ausstellung ansehen. Gutenberg hatte die Idee, den gesamten Text in seine Einzelteile – Buchstaben und Satzzeichen – zu zerlegen und für jedes Zeichen eine seitenverkehrte Letter herzustellen. Das war bahnbrechend. Und so sieht eine Letter aus."
Er hielt einen kleinen, länglichen Quader aus Metall in die Luft, an dessen Ende der Buchstabe „G" zu sehen war.
„Diese Lettern konnte man beliebig zu immer neuen Texten zusammensetzen, mit Farbe versehen und den Text mit einer Druckpresse aufs Papier bringen. Man brauchte dazu aber unglaublich viele dieser Lettern. Daher entwickelte Gutenberg eine kleine Maschine, mit der man Lettern gießen konnte."

Er hielt eine Vorrichtung in die Luft. „Hier konnte man die Form für eine Letter einspannen und mit flüssigem Metall füllen. Er stellte aus Blei und verschiedenen anderen Metallen eine Mischung her, die nicht schrumpfte und schnell erkaltete."

Der Mann spannte die Form in die Gussmaschine, schöpfte mit einem Löffel flüssiges Metall aus einem Behälter und ließ es hineinlaufen. Nach wenigen Sekunden nahm er die fertige Letter heraus. „Bis zu 15 Lettern schaffte Gutenberg pro Minute."

Dann ging er zur Druckpresse und bestrich eine vorbereitete Druckvorlage mit Farbe, legte ein Blatt Papier ein, schob beides mittels einer Art Schlitten unter die Presse und wandte sich dann an Nikolas. „Ich brauche einen Druckergesellen, der mir zur Hand geht. Hast du Lust, mir zu helfen?"

Nikolas nickte begeistert und ging nach vorn. Dort durfte er den Hebel bedienen, mit dem der eigentliche Druckvorgang ausgelöst und das Papier auf die Druckvorlage gepresst wurde. „Puh, das geht ganz schön schwer", gab er zu.

„Und das hat ein Buchdrucker am Tag mehrere hundert Mal gemacht", gab der Vorführer zu bedenken. Er bedankte sich bei Nikolas, holte die mit einem Abschnitt aus dem Lukas-Evangelium bedruckte Seite aus der Presse und zeigte sie allen. Dann rollte er sie zusammen und überreichte sie Nikolas als Gesellenlohn. Der Junge strahlte.

„Etwa 180 Bibeln hat Gutenberg auf diese Weise gedruckt, zwei Monate etwa dauerte die Fertigstellung einer einzigen Bibel. Nach dem Drucken wurden die Bibeln noch von Illustratoren mit farbigen Bildern und prächtig verzierten Buchstaben am Anfang eines Abschnitts versehen. Deshalb sieht jede Gutenberg-Bibel anders aus. Zwei Exemplare können Sie im Museum anschauen."

Das tat Familie Sonnenschein im Anschluss. Die Bibeln lagen unter Glas in einem mit dicken Stahltüren verschließbaren, kleinen Raum. Die exakt bedruckten Seiten mit den kunstvollen Verzierungen sahen beeindruckend aus.
„Schaut mal hier!“, sagte Mama und deutete auf ein handgeschriebenes Buch, das zum Vergleich direkt daneben lag. Dessen Seiten waren mit klarer, exakter Handschrift beschrieben.
„Ist diese Handschrift nicht unglaublich schön und gleichmäßig? Da könnt ihr euch mal eine Scheibe abschneiden! Wenn ich mir eure Schulhefte so anschaue ...“
„Na, na, Schatz, wer im Glashaus sitzt ...“, sagte Papa grinsend. „Das Schönschrift-Gen haben unsere armen Kinder von keinem von uns erben können.“
Mama lachte und boxte Papa leicht in den Arm.
Abschließend betrachteten sie noch Lettern mit Schriftzeichen aus Asien und Ägypten sowie eine Ausstellung zur Druck- und Schriftkultur des Islam, bewunderten das kleinste Buch der Welt, das deutlich kleiner war als eine 1-Cent-Münze, und besuchten den Museumsshop. Mama konnte nicht widerstehen, ein Poster mit dem Nachdruck einer Seite aus der Gutenberg-Bibel zu erwerben. Lilly kaufte sich ein Lesezeichen, Nikolas entschied sich für ein Siegel mit dem Anfangsbuchstaben seines Namens, und Papa fand den „Ablassbrief für Rechtschreibfehler“ so ulkig, dass er beschloss, ihn in sein Büro zu hängen.
Als Überraschung hatten Mama und Papa die Kinder im *Druckladen* angemeldet, der zum Museum gehörte. Dort konnte man an kleinen, handbetriebenen Druckmaschinen eigenhändig Drucke anfertigen. Ein junger Mann erklärte ihnen alles. Zuerst mussten sie Schürzen anziehen.

Dann suchten sich beide aus den vielen unterschiedlichen Druckvorlagen ein Motiv aus. Lilly entschied sich für eine Eule, die Luftballons in der Hand hielt, Nikolas für den *Mainzer Dom.* Mit einer Farbwalze wurden die Vorlagen eingefärbt. Aus den drei Grundfarben rot, gelb und blau konnte man durch geschicktes Kombinieren auch orange, grün und lila mischen. Dann legte man ein Papier auf, rollte die schwere Walze darüber, und schon war wie durch Zauberei ein farbenfrohes Bild entstanden. Nikolas hatte den Dom in gelb, grün und blau gestaltet, Lillys Bild war regenbogenbunt.

„Das macht Riesenspaß!", jauchzte Lilly. In der folgenden Stunde stellten die Geschwister mit Feuereifer eine Menge hübscher Bilder und auch Texte her. Der junge Mann, der ihnen den Umgang mit den Materialien erklärt hatte, beobachtete erfreut, wie begeistert die Kinder ihre Kunstwerke fabrizierten. „Es macht richtig Spaß, euch zuzusehen!", sagte er.

Auch Mama und Papa waren froh, den beiden eine Freude gemacht zu haben. Viel zu schnell verging die Stunde im *Druckladen,* und die beiden rollten ihre Kunstwerke zum Mitnehmen zusammen.

„Das müssen wir zu Hause Oma und Opa zeigen!", beschloss Nikolas.

„Ich schenke ihnen eins der Bilder. Vielleicht das mit dem Baum. Oder dem Schmetterling?", überlegte Lilly. „Die werden staunen!"

ALLE MANN AN BORD

Draußen beschloss Nikolas: „Zeit für ein Eis!“ Eine Eisdiele war rasch gefunden, und mit den Waffeln in der Hand schlenderten sie zum Rheinufer.

„Wenn Mainz von den Römern gegründet wurde, gibt’s denn dann eigentlich auch etwas Römisches zu sehen?“, fragte Lilly mit Blick auf den Rhein.

Da fiel Papa ein, was er am Abend zuvor gelesen hatte. „Na klar, noch was absolut Spannendes!“, rief er. „Man hat hier Reste von Schiffen aus der Römerzeit ausgegraben und außerdem ein antikes römisches Theater. Das kann man alles besichtigen.“

Sie machten sich auf den Weg zum *Museum für antike Schifffahrt*. Dort waren fünf römische Schiffswracks zu bestaunen, deren Überreste man bei Bauarbeiten gefunden hatte. Als Erstes fielen ihnen die hölzernen Nachbauten zweier solcher Schiffe in Originalgröße ins Auge. Beide waren mit Rudern ausgestattet, etwa 20 Meter lang, und eines stand unter vollen Segeln.

Papa las von einer Infotafel vor: „Das Schiff mit den Segeln ist ein Mannschaftstransporter aus dem 3. oder 4. Jahrhundert nach Christus. 30 Soldaten passten da rein. Und das da drüben war ein Patrouillenboot. Damit haben die Römer auf dem Rhein Wache gehalten.“

„Woher weiß man, wie die Schiffe ausgesehen haben?“, fragte Lilly.

„Bei Bauarbeiten hat man am Rheinufer die Hälfte des Schiffsrumpfes gefunden“, erklärte Papa. „Die andere Hälfte hat man dann rekonstruiert.

Seht mal, hier drüben!“ Auf quaderförmigen Tischen lagen die Reste der Schiffe, die man ausgegraben hatte, es waren nur wenige Planken des Schiffsbodens.

„Den Aufbau der Schiffe hat man Abbildungen auf Münzen oder Wandmalereien nachempfunden“, erklärte Papa weiter.

Neben den Schiffen in Originalgröße gab es noch eine ganze Reihe kleinerer Modelle zu betrachten. Weil das

Museum keinen Eintritt kostete, steckte Papa beim Hinausgehen einen Schein in die Spendenbox.

„Und wo ist jetzt das Theater?“, fragte Lilly.

„Nicht weit von hier“, sagte Papa. „Da entlang.“

Vom Museum aus mussten sie nur wenige Hundert Meter laufen. Sie gingen am Bahnhof vorbei, der bereits den Namen „Bahnhof Mainz Römisches Tor“ trug, und dann durch eine Unterführung unter den Bahngleisen hindurch. Direkt dahinter tauchten eine hölzerne Tribüne und dicke, im Halbkreis angeordnete Mauerreste auf.

„Da ist es!“, rief Lilly. „Ist das ein Amphitheater?“

Mama schüttelte den Kopf. „Ein Amphitheater ist rund. Dieses Theater hat nur eine halbrunde Zuschauertribüne.“ Sie deutete auf eine halbkreisförmige Fläche vor den Sitzplätzen. „Das könnte die Bühne gewesen sein.“

Sie umrundeten das eingezäunte Areal, und eine Infotafel bestätigte Mamas Vermutung. „Dieses Theater war das größte römische Bühnentheater nördlich der Alpen. 42 Meter lang war die Bühne, und der Zuschauerraum hatte einen Durchmesser von 116 Metern.“

„Wow, ganz schön riesig!“ Nikolas war beeindruckt.
„Im Theater hatten 10.000 Zuschauer Platz“, las Lilly vor. Man konnte sie kaum verstehen, denn im Hintergrund fuhr gerade ein Zug vorbei.
„So, jetzt habe ich aber genug vom Großstadtlärm!“ Mama stöhnte. „Wie wäre es, wenn wir unser Picknick irgendwo am Rhein machen?“
Alle waren einverstanden. Sie holten das Auto aus dem Parkhaus und fuhren los. „Was ist das, Papa?“, fragte Nikolas, als sie die halbe Strecke gefahren waren. Er zeigte auf ein mächtiges, hölzernes Bauwerk am Ufer des Rheins. Es hatte ein pavillonförmiges Dach und einen kranartigen Ausleger.
„Das weiß ich nicht, aber lasst uns anhalten und nachsehen“, schlug Papa vor. Sie parkten das Auto, schnappten den Rucksack mit dem Picknick und liefen zum Rheinufer. Der riesige hölzerne Quader entpuppte sich als einer der letzten historischen Verladekräne, mit denen man Weinfässer und andere Güter auf Rheinschiffe geladen hatte. Er war im 18. Jahrhundert erbaut worden und noch immer funktionstüchtig.
„Wird der denn noch benutzt?“, fragte Lilly.
„Nein, sicher nicht, heute hat man ja Kräne mit Motor in den großen Häfen“, sagte Papa.
„Und wie hat dieser Kran funktioniert, so ganz ohne Motor?“, wollte Nikolas wissen.
„So wie fast alles in der Zeit, bevor es Benzin- oder Elektromotoren gab: mit Muskelkraft.“ Papa hatte rasch gegoogelt und zeigte den Kindern eine Zeichnung, auf der Männer in einem hölzernen Rad liefen.
„Der ‚Oestricher Kran‘ war ein Tretkran. In seinem Inneren haben Menschen große Räder angetrieben und so den Kran bewegt. Zum Teil waren das Gefangene, zum Teil bezahlte Kranenknechte.“

„Puh, wie in einem Hamsterrad! Das sieht ganz schön anstrengend aus!“, meinte Lilly.

Mama hatte in der Zwischenzeit das Picknick auf einem der Tische am Ufer ausgepackt, und sie ließen es sich schmecken. Weil das Wetter schön war, beschlossen sie, noch einen kleinen Spaziergang am Ufer entlang des Leinpfads zu machen. Als „Lein-“ oder „Treidelpfad“ bezeichnete man einen Weg unmittelbar am Ufer entlang, von dem aus früher Zugtiere oder Menschen die Frachtschiffe auf dem Fluss mit Leinen stromaufwärts zogen. Diese Tätigkeit nannte man „Treideln“.

Die Treidelschifffahrt starb aus, als Motorschiffe aufkamen, die aus eigener Kraft gegen den Strom fahren konnten. Der Treidelpfad war zu einer Uferpromenade ausgebaut worden.

Nach einer Weile erreichten sie einen kleinen Sportbootshafen. Dort schaukelten kleine Motorboote, wendige Schnellboote und auch einige größere Exemplare an Anlegepfosten aus Edelstahl vor sich hin. Nikolas und Lilly beäugten die Boote interessiert, während Mama am nahe gelegenen Weinstand Traubensaft für Papa und die Kinder und eine Weißweinschorle für sich besorgte.

Mit Blick auf den Rhein nahmen sie auf einer Bank Platz. „In so ein Boot würde ich gerne mal reinschauen. Bestimmt ist das total gemütlich“, sagte Lilly. Sehnsüchtig schaute sie zu den größeren Exemplaren hinüber.

Ein bärtiger Mann in Papas Alter, der in der Nähe stand, kam auf sie zu und sagte: „Also, wenn es weiter nichts ist ... Wenn ihr möchtet, dürft ihr gerne mal hineinschauen. Mir gehört das Boot dahinten.“

Er deutete auf eines der größeren Boote, nicht weit entfernt. Es trug den Namen „Christine“.

„Echt?“ Lilly wandte sich an die Eltern. „Dürfen wir?“

Papa räusperte sich. „Also, solch ein Angebot bekommt man ja nicht alle Tage, und wenn ich ehrlich bin, würde ich auch gerne mal einen Blick hineinwerfen."

„Au ja!", rief Nikolas.

Der Mann lachte freundlich. „Na, dann los!" Er schüttelte allen die Hand.

„Ich bin Thorsten!", sagte er.

Familie Sonnenschein stellte sich vor, während sie zum Schiff liefen.

„Ist das eine Yacht?", wollte Nikolas wissen.

„Leider nicht. Obwohl es gut klingen würde, wenn ich das behaupten könnte", lachte Thorsten. „Von einer Yacht spricht man erst ab zehn Metern. Die Christine ist nur 9,30 Meter lang. Knapp daneben. Man nennt solche Boote ‚Kajütboot', eine Kajüte ist der Wohnraum unter Deck."

„Und das Bett heißt ‚Koje' und die Küche ‚Kombüse', oder?", erinnerte sich Lilly.

Thorsten nickte und stieg als Erster mit einem großen Schritt vom Anlegesteg auf das Bootsdeck. Im hinteren Bereich saß eine dunkelhaarige Frau und sah von ihrem Buch auf. „Hallo, Schatz, ich bringe Besuch mit", rief Thorsten.

Die Frau erhob sich und begrüßte alle. „Wie schön!", sagte sie. „Ich bin Christine."

„Noch eine Christine?", wunderte sich Lilly.

„Ja, das Schiff ist nach meiner Frau benannt", sagte Thorsten und gab dieser einen Kuss auf die Wange.

„Wenn ich ein Boot hätte, würde ich es natürlich auch nach meiner Frau benennen", beeilte sich Papa zu sagen.

Mama knuffte ihn grinsend in die Seite. „Das wird so schnell wohl nicht passieren. Aber Alexandra wäre ein schöner Name für ein Boot."

Die anderen lachten, dann begann Thorsten, ihnen das Boot zu erklären. Lilly hörte sich ungeduldig die Details über Motorisierung, Geschwindigkeit und Verdrängung an, aber eigentlich wäre sie am liebsten direkt in die Kajüte gestiegen.

Dann war es endlich soweit, und Lilly kletterte als Erste nach unten. Der kleine, holzvertäfelte Raum mit dem Tisch und zwei Bänken gefiel ihr sofort. Es gab eine kleine Küchenzeile, Schränke, ein Bücherregal und ein winziges Badezimmerchen. Die Bänke ließen sich zu einem Bett umklappen, aber der beste Schlafplatz befand sich Lillys Meinung nach direkt im spitz zulaufenden Bug des Schiffes. Hinter einer kleinen Tür lagen auf einer Matratze einige Decken und Kissen. Sogar zwei kleine Fenster gab es, die knapp über der Wasseroberfläche lagen.

„Ist das gemüüütlich!" rief Lilly und konnte sich kaum losreißen.

„Ja, das ist es wirklich", bestätigte Christine. „Vor allem macht es Spaß, direkt hier vor Ort zu kochen und zu essen, wenn man einen Ausflug gemacht hat."

„Wollen wir eine Runde auf dem Rhein drehen?", fragte Thorsten.

Lilly und Nikolas hielten den Atem an, aber Mama sagte: „Das ist ein wunderbares Angebot, aber wir müssen ja noch zum Auto laufen und zurückfahren. Das wird heute leider zu spät."

Die Geschwister machten enttäuschte Gesichter, doch Thorsten tröstete sie: „Vielleicht ein anderes Mal. Wenn ihr Lust auf eine Spritztour habt, ruft uns an, das lässt sich bestimmt einrichten." Er überreichte Mama seine Visitenkarte.

„Vielen Dank! Auch dafür, dass wir uns das Boot ansehen durften."

Sie verabschiedeten sich und kehrten zum Auto und schließlich zur Ferienwohnung zurück.

REUIGE SÜNDER

Dort angekommen, fiel Nikolas und Lilly wieder ein, was am Abend zuvor passiert war. Sie wollten unbedingt in Erfahrung bringen, wie es Steve und Simon ergangen war.

„Dürfen wir noch mal zum Baumhaus?“, fragte Nikolas Mama. „Wir müssen unbedingt noch was mit unseren Freunden besprechen.“

Mama runzelte die Stirn. „So spät noch?“

„Ach bitte, Mama! Es ist wichtig.“

„Es sind doch Ferien“, meinte Papa.

„Na dann, von mir aus“, stimmte Mama zu.

Die beiden flitzten los und fanden die Freunde im Baumhaus. Die Stimmung schien gedrückt zu sein. Vor allem Simon machte ein niedergeschlagenes Gesicht.

„Hallo, da seid ihr ja“, sagte Anna.

„Hallo. Wie geht es euch? Habt ihr mit euren Eltern geredet?“, fragte Lilly.

Simon und Steve nickten. „Nicht nur das, wir waren heute auch bei der Polizei.“

„Und? Wie war es?“

„Na, wie schon“, knurrte Steve. „Beschissen war es!“ Er verschränkte die Arme vor der Brust und schwieg.

Marla übernahm. „Unser Vater war natürlich stocksauer darüber, dass Steve den Schlüssel genommen hat und in die Burg rein ist. Und logischerweise auch, weil er was geklaut hat. Steve darf jetzt einen Monat lang seine

Kumpels nicht treffen, sondern muss ihm bei der Arbeit helfen. Und den Mofaführerschein kann er auch erst mal vergessen", erzählte sie.
„Unsere Eltern waren eher traurig, weil ich das gemacht habe, obwohl sie uns doch immer beigebracht haben, dass man anderen nichts wegnehmen darf", sagte Simon.
Anna ergänzte: „Unsere Mutter hat geweint und gemeint, das hätte sie nie gedacht, dass ich etwas Verbotenes tue. Und unser Vater war auch sehr enttäuscht. Aber sie waren froh, dass wir Vertrauen zu ihnen hatten und alles gesagt haben."
„Deshalb habe ich auch keinen Hausarrest oder so was", ergänzte Simon.
„Das habe ich doch gesagt, es ist immer besser, den Eltern zu sagen, dass man was angestellt hat", bestätigte Lilly.
„Und was war dann bei der Polizei?", fragte Nikolas.
„Wir sind heute Morgen zur Wache, Steve, sein Vater, mein Vater und ich. Da haben wir alles erzählt. Die haben alles aufgeschrieben, was wir gesagt haben. ‚Protokoll' nennt man das. Es gab natürlich schon eine Anzeige von den Veranstaltern von *Rhein in Flammen*."
„Werdet ihr jetzt bestraft?", fragte Lilly besorgt.
Simon schüttelte den Kopf. „Ich nicht, weil ich erst 13 bin. Ich bin noch nicht strafmündig, so heißt das. Bei Steve ist es anders, der ist ja schon 15. Aber die Polizistin, die uns vernommen hat, war echt nett. Sie hat gesagt, sie regt ein Diff... - Differenzverfahren an oder so. Wie hieß das?" Simon sah Steve fragend an.
„Diversionsverfahren", brummte Steve, und als Lilly und Nikolas ihn fragend ansahen, erklärte er: „Das bedeutet, dass es kein Gerichtsverfahren gibt. Ich hab das so verstanden: Normalerweise sucht zuerst die Polizei nach dem Täter, und wenn man weiß, wer das ist, gibt es die Staatsanwälte, und

die klagen im Namen des Staates den Täter vor Gericht an. Es gibt eine Gerichtsverhandlung mit einem Urteil am Ende, und wenn bewiesen ist, dass man wirklich was Verbotenes gemacht hat, kriegt man eine Strafe. Bei Jugendlichen zwischen 14 und 21 gibt es aber nicht unbedingt eine Anklage, sondern dieses Diversionsverfahren. Wenn man noch jung ist und zum ersten Mal was verbockt hat und das bereut, dann wird man nicht angeklagt, sondern die stellen das Verfahren ein, und man muss vielleicht ein paar Stunden im Altersheim arbeiten oder so. Das erfahren wir in ein paar Tagen. Aber weil wir uns selbst gemeldet haben und auch das Feuerwerk zurückgegeben haben, sieht es ganz gut aus."

„Puh, da habt ihr aber Glück gehabt!", meinte Nikolas.

„Nee, nicht nur Glück, sie haben sich auch richtig verhalten. Also, hinterher jedenfalls, das Klauen war natürlich nicht okay", sagte Marla.

„Stimmt."

„Aber jetzt haben wir wieder kein Feuerwerk für Daniel", sagte Anna.

Lilly hob den Kopf, und in ihren Augen blitzte es. „Eine Schifffahrt geht doch für Daniel nicht, weil das mit dem Rollstuhl und dem Sauerstoffgerät im Gedränge auf einem Ausflugsschiff zu viel wäre, oder?", wandte sie sich an Anna.

Die nickte.

„Aber auf einem privaten Boot könnte er mitfahren?"

„Ja, schon, aber wir kennen keinen mit einem Boot", sagte Simon.

„Aber wir!", rief Lilly triumphierend.

Jetzt begriff auch Nikolas Lillys Gedanken. „Stimmt, wir könnten Thorsten fragen!" Er schlug sich an die Stirn. „Der hat uns doch angeboten, dass wir mit ihm fahren können. Er und Christine waren so nett, das machen die bestimmt."

Sie erklärten den anderen ihre Idee. Die Freunde waren sofort Feuer und Flamme. Lilly und Nikolas rannten zurück zu ihren Eltern und sprudelten die Geschichte von Daniel, dem gestohlenen Feuerwerk und ihrer Idee mit der Bootsfahrt für ihn heraus.

Mama und Papa machten große Augen, was da alles passiert war, ohne dass sie etwas mitbekommen hatten. „Ich finde es schön, dass ihr euch für Daniel einsetzt“, meinte Papa am Schluss. „Wir können Thorsten gern fragen. Ich könnte mir vorstellen, dass er einverstanden ist. Allerdings sollten wir ihn erst morgen anrufen, es ist schon spät.“

Jetzt merkten auch Nikolas und Lilly, dass sie von dem langen Tag todmüde waren, und waren einverstanden, den Anruf auf den Morgen zu verschieben.

15. BESUCH BEI DEN MUCKELS

Am nächsten Tag bestanden Lilly und Nikolas darauf, dass Papa noch vor dem Frühstück Thorsten anrief. Dieser hörte sich erstaunt das Anliegen der Kinder an. Zur großen Freude der beiden war Thorsten aber gern bereit, Daniel mit seinem Boot zu *Rhein in Flammen* zu fahren.

„Ich muss allerdings erst klären, ob ich eine Sondergenehmigung für diese Fahrt bekomme. Normalerweise ist der Rhein bei dieser Veranstaltung gesperrt, und es dürfen nur Ausflugsschiffe fahren. Aber ich kenne jemanden beim Wasser- und Schifffahrtsamt, da kümmere ich mich gleich darum. Meine Frau ist übrigens Krankenschwester, euer Freund wäre bei uns also in den besten Händen." Lilly und Nikolas konnten sich während des gesamten Frühstücks das Grinsen nicht verkneifen.

Auf dem Weg zum Auto trafen die Geschwister Oma Grete auf dem Hof des Weinguts und erzählten ihr, was sie gestern beim ZDF erfahren hatten.

„Es wird gerade eine neue Loreley gewählt, da gibt es in den nächsten Tagen einen Beitrag, und sie stellen die Kandidatinnen vor. Vielleicht möchten Sie sich das ja mal anschauen."

„Oh ja, das möchte ich sehr gerne. Und ob ihr es glaubt oder nicht, auch über mich gab es damals einen kurzen Fernsehbeitrag." Die alte Dame lächelte versonnen.

Lilly und Nikolas liefen nach draußen. Dort stand schon Papa am Auto und winkte sie herüber. „Kommt, heute besuchen wir einen Freizeitpark, das *Taunus-Wunderland* bei Schlangenbad", rief er.

Natürlich war die Freude groß, und die Kinder sprangen ins Auto. Sie erreichten den idyllisch in einer hügeligen Landschaft gelegenen Park nach einer Dreiviertelstunde Fahrt.
Gleich am Eingang begegneten sie den Muckels, den Maskottchen des Parks. Sie hießen Betty, Onkel Benno, Opa Alfred und Tante Rosi und sahen aus wie Teddybären.
Lilly und Nikolas studierten den Parkplan und entschieden sich, als Erstes den *Freefall-Tower* zu testen.
„Freier Fall?! Das ist nichts für mich!“ Mama beschloss, sich ein wenig im Park umzusehen, während sich Papa mit den Kindern anstellte. Anschließend musste der *Hexenstuhl* ausprobiert werden.
„Ich schlage vor, wir machen als Nächstes einen Abstecher zu Onkel Alfred. Er bewacht das *Dinotal*. Und dann reisen wir ins *Zuckerwatteland* zu Tante Rosi. Was meint ihr?“
Die Kinder waren einverstanden und liefen voraus zur *Dinobahn*. Im *Zuckerwatteland* fuhren sie anschließend mit dem *Kettenkarussell* und trafen dort Mama wieder.
„Wenn wir schon im Zuckerwatteland sind, dann möchte ich auch Zuckerwatte essen. Darf ich?“, bat Lilly.
„Und ich hätte gerne einen Crêpe“, sagte Nikolas. Mama nickte und gab ihnen Geld.
Gestärkt ging es nach diesem zweiten Frühstück weiter zum *Autoscooter* und in die erste Achterbahn *Wilde Maus*. Lilly und Nikolas waren völlig begeistert und steuerten gleich die nächste Achterbahn *Kuhddel-Muuuhddel* im Rindvieh-Design an. Nach einer kurzen Mittagspause in „Onkel Bennos Futterscheune“ galt es noch die *Forellenschleuder* zu testen und den Abenteuerspielplatz zu erobern.

„Oh, wie niedlich!“, rief Lilly, als sie am Streichelzoo vorbeikamen. „Die Ziegen dort drüben möchte ich noch streicheln.“ Eine schwarz-weiß gefleckte Ziege ließ sich von ihr am Hals kraulen.

In der Zwischenzeit war es recht warm geworden, und so war die steile Wasserbahn *Traubenrutsche* eine willkommene Abkühlung. Nikolas, der vorn saß, wurde pitschnass gespritzt, aber auch der Rest der Familie bekam einiges ab. Nachdem sie alle Fahrgeschäfte einmal ausprobiert hatten, war es schon später Nachmittag, und Papa kündigte an, bald den Rückweg antreten zu wollen.

„Sucht euch noch eine Attraktion aus, und dann ist Schluss für heute“, sagte er.

Die Kinder entschieden sich für das *Kuhddel-Muuuhddel,* und weil wenig los war, fuhren sie zwei Runden hintereinander.

„Ich brauch jetzt erst mal ein bisschen Erholung!“, verkündete Mama draußen. „Lasst uns in eine *Straußwirtschaft* fahren.“

„Was ist das denn?“

„So nennt man das, wenn Winzer der Region im Garten oder in der Scheune den Wein aus ihrem Weingut ausschenken. Diese Wirtschaften haben nicht immer geöffnet, wie das Lokal von Familie Ehlers, sondern nur am Wochenende oder bei schönem Wetter. Damit man weiß, dass offen ist, hängt an der Tür ein Blumenstrauß. Deshalb *Straußwirtschaft*.“

Sie fuhren aufs Geratewohl durch die Weinberge, und Mama entschied spontan, in einen kleinen Ort namens Rauenthal abzubiegen. Dort gab es mehrere kleine Weinwirtschaften, aber Mama und Lilly waren sich schnell einig, bei der „Loreley-Klause“ anzuhalten. Sie suchten sich einen schattigen Platz und bestellten kühle Getränke und Brot mit ‚Spundekäs‘, einer regionalen Spezialität aus Frischkäse.

„Hmm, lecker!“, fanden die Kinder.

Lange hielt es Lilly und Nikolas aber nicht auf ihren Plätzen. Sie streiften durch den Garten und auch durch den leeren Innenraum der Gastwirtschaft – alle Gäste saßen schließlich draußen in der Sonne. An der hinteren Wand hing ein großes Gemälde der Loreley. Während Lilly es andächtig betrachtete, hatte Nikolas eine Vitrine entdeckt.

„Schau mal, hier!“, rief er plötzlich aufgeregt.

Lilly flitzte zu ihm. In der Vitrine standen einige Fotos von ehemaligen Loreley-Repräsentantinnen. Darunter war auch das Bild von Oma Grete, das sie bereits kannten. Daneben lagen zwei Schärpen und drei goldene Kämme. Vor dem Bild von Oma Grete lag jedoch ein kleines, glitzerndes Krönchen, das man sich ins Haar stecken konnte.

„Ist das etwa ...?“, begann Lilly zaghaft.

„...die Krone der Loreley!“, vervollständigte Nikolas. „Das nehme ich jedenfalls an.“

Lilly sah sich um. „Wir müssen jemanden fragen.“

Ein Herr kam mit einem Tablett von draußen herein. Lilly sprach ihn sofort an. „Entschuldigung, wissen Sie etwas über die Krone dort?“

„Natürlich, die gehört zur Sammlung von meiner Frau und mir“, sagte der Herr.
„Sie sammeln Loreley-Kronen?“, staunte Lilly.
„Naja, um genau zu sein, sammeln wir alles, was mit der Loreley zu tun hat. Bücher, Statuen und ein bisschen Kitsch.“
„Das ist ja toll! Wissen Sie, ...“ Lilly berichtete rasch von Oma Grete, die nach ihrer Krone suchte und sie so gern noch einmal tragen würde. „Ist das wirklich die Krone von Margareta Seewald?“, fragte sie schließlich.
„Ja, das ist sie. Ich hab sie irgendwann einmal auf dem Flohmarkt gekauft, wie die meisten anderen Sachen auch.“
Lilly strahlte angesichts dieses glücklichen Zufalls. „Darf Oma Grete die Krone denn noch einmal aufsetzen? Und wir machen ein Foto davon? Sie wohnt in der Nähe, in Kaub“, fragte sie.
„Das wird sich sicher einrichten lassen“, versicherte der Herr. „Ich gebe euch meine Telefonnummer. Was für eine schöne Idee! Ich werde gleich meiner Frau davon erzählen.“ Er schrieb seine Nummer auf einen Zettel und verschwand in der Küche.
„Das ist ja echt krass, dass wir hier die Krone von Oma Grete gefunden haben!“, meinte Nikolas und machte ein Foto davon. Dann liefen die beiden zum Tisch der Eltern, um zu berichten, und drängten zur Rückkehr. Seufzend zahlte Papa die Rechnung.
„Dass ihr aber auch in jedem Urlaub ein Geheimnis aufdecken müsst“, meinte Mama kopfschüttelnd, während sie zum Auto gingen.
Im Weingut trafen sie Oma Grete wieder auf der Terrasse und erzählten ihr von ihrem Fund. Die alte Dame konnte gar nicht fassen, dass die Kinder die Krone tatsächlich ausfindig gemacht hatten. Nikolas zeigte ihr das Foto.

„Ja, das ist sie!", rief sie verzückt. „Und ich darf sie wirklich noch einmal tragen?"

Lilly nickte.

„Ihr hättet mal sehen sollen, wie die bei der Fernsehaufzeichnung im Licht der Scheinwerfer geglitzert hat!"

Lilly sprang auf. „Fernsehen! ZDF!! Ich hab eine Idee!!!", rief sie und sauste los in Richtung der Eltern.

Nikolas ahnte, was Lilly eingefallen war. „'tschuldigung", sagte er zu Oma Grete und rannte hinterher.

Atemlos plapperte Lilly los, als sie bei Mama und Papa in der Ferienwohnung ankamen. „Papa, du musst beim ZDF anrufen, die sollen einen Film von Oma Grete und der Krone machen, wenn sie sie wieder aufsetzt."

Nikolas unterstützte sie. „Das passt doch total gut zur Wahl der neuen Loreley! Dann können die alte und die neue Loreley sich begegnen."

Papa musste über so viel Eifer lachen. „Kinder, mit euch wird es auch nie langweilig."

Als Journalist vermutete er aber, dass die Geschichte von der alten Dame und der wiedergefundenen Loreley-Krone wirklich für eine Boulevard-Sendung interessant sein könnte, und suchte die Telefonnummer des Senders heraus. Das ZDF zeigte tatsächlich Interesse und versprach, sich bei Familie Ehlers und den beiden Loreley-Sammlern zu melden. Falls es einen Fernsehbeitrag geben sollte, würden sie Bescheid geben.

„Stell dir mal vor, wenn Oma Grete wirklich mit ihrer Krone ins Fernsehen käme!", rief Nikolas. Er hatte sich von Lillys Begeisterung für dieses Abenteuer anstecken lassen. Lilly hüpfte auf und ab wie ein Flummi.

„So, das war für heute aber wirklich genug Aufregung. Zeit, schlafen zu gehen", ordnete Mama schließlich an, was die Kinder murrend befolgten.

ÜBER DEN REBEN SCHWEBEN

„Heute machen wir eine Wanderung durch den Wald“, verkündete Papa beim Frühstück am nächsten Morgen.

„Wanderung? Wie öde!“, befand Nikolas. Auch Lilly sah wenig begeistert aus.

Die Tour begann in Rüdesheim. Nachdem sie durch den malerischen Ort gebummelt waren, in dem ein prachtvoll mit Weintrauben aus Holz oder Stein dekoriertes Weinlokal an das andere grenzte, ließen sie sich mit einer Seilbahn zum *Niederwalddenkmal* befördern.

„‘Über den Reben schweben‘“, las Papa von einem Plakat vor. „Das lasse ich mir gefallen.“

Während Papa und die Kinder aus der kleinen Kabine der Seilbahn den wunderbaren Ausblick über den Rhein genossen, kämpfte Mama mit ihrer Höhenangst. Mit der einen Hand klammerte sie sich am Sitz fest, mit der anderen hielt sie sich die Augen zu. Sie schielte aber dennoch durch ihre Finger hindurch, um sich den Ausblick auf die schöne Landschaft nicht entgehen zu lassen. Anders als in der Nähe des *Loreleyfelsens* war der Rhein hier von sanft ansteigenden Weinbergen statt von steilen Hängen umgeben. Auf dem Fluss zogen Ausflugs- und Containerschiffe vorbei, und man konnte auf der linksrheinischen Seite den *Binger Mäuseturm* erkennen.

Oben angekommen standen sie zu Füßen des *Niederwalddenkmals*. Treppen führten zu einer Plattform vor seinem Sockel. Ein Relief mit einer

Soldatenszene und ein Mann hoch zu Ross waren zu sehen, außerdem Götter und Engel. Eine weibliche Statue überragte jedoch die übrigen Figuren um ein Vielfaches. Sie hielt eine Krone und ein Schwert in der Hand und blickte stolz über den Rhein.

„Schau mal, wie riesig die ist!“, rief Nikolas. „Ich bin ungefähr so groß wie der Typ auf dem Pferd. Aber die Frau ist bestimmt fünfmal größer als ich.“
Papa schmunzelte. „Der Typ auf dem Pferd ist Kaiser Wilhelm und die Frau die Göttin Germania. Das Denkmal soll an die Einigung Deutschlands 1871 erinnern. Ich habe gelesen, die Statue ist zwölfeinhalb Meter groß, also ungefähr acht Mal so groß wie du.“
Die eigentliche Wanderung führte die Familie durch den *Osteinschen Niederwald*, benannt nach dem Grafen von Ostein, der sich hier einst ein Jagdschloss und einen Landschaftspark hatte errichten lassen. Auf ihrem Weg durch den Wald stießen sie auf verschiedene Bauwerke. Direkt neben dem *Niederwalddenkmal* stand ein Tempel mit römischen Säulen.
„Aha, anscheinend waren schon die Römer hier und haben diesen Tempel gebaut“, meinte Nikolas.
Etwas abseits vom Weg entdeckte Lilly Mauerreste. Gemeinsam mit ihrem Bruder kletterte sie in der Ruine herum. „Das sieht sehr alt aus. Vielleicht sind die Mauern aus dem Mittelalter.“ Auch die Burgruine, die sie wenig später fanden, wirkte mittelalterlich.
„Da muss ich euch leider enttäuschen. Die Ruinen und auch der Tempel sind nur ungefähr 200 Jahre alt. Im 18. Jahrhundert fand man es romantisch, Parkanlagen mit künstlichen Ruinen und Gebäuden, die nur schön aussehen sollten, zu verzieren“, erklärte Papa. „Das heißt, diese Ruinen sind nicht aus dem Mittelalter und schon gar nicht aus der Römerzeit, sondern sehen nur so aus. Der Graf hat sie als Ausflugsziele für seine Gäste bauen lassen.“
Zu diesen Attraktionen zählte auch die *Zauberhöhle*, ein steinerner Tunnel mitten im Wald.
„Passt auf, dort drinnen hat früher ein Zauberer gewohnt!“, rief Papa geheimnisvoll.

Mutig ging Lilly voran in den unbeleuchteten Gang. Nach ein paar Metern blieb sie stehen und wartete auf Nikolas. „Ganz schön dunkel hier."
„Soll ich die Taschenlampe von meinem Handy anmachen?", fragte Nikolas.
Lilly überlegte kurz. „Nein, dann ist es ja nicht mehr gruselig", entschied sie und ging weiter.
Durch den Gang gelangte man schließlich in die runde Zauberhütte und von dort nach draußen.
„Den Zauberer haben wir nicht getroffen, aber ein bisschen unheimlich war es dort drinnen trotzdem", meinte Lilly.
Papa lachte. „Es gab dort wirklich mal einen Zauberer. Aber das war bloß eine Steinfigur und leider existiert sie nicht mehr."
Kurze Zeit später erreichten sie das *Jagdschloss Niederwald*, das heute ein Hotel war, und Lilly fütterte die Rehe im nahe gelegenen Dammwildgehege mit Futter aus einem Automaten. Als Mama die Bergstation der zweiten Seilbahn erblickte, die sie talwärts nach Assmannshausen tragen sollte, blieb sie stehen und rief entsetzt: „Dort gibt es ja gar keine geschlossenen Kabinen!" In der Seilbahn saßen immer zwei Personen in einem offenen Doppelsitz. Das war für Mama wegen ihrer Höhenangst nur schwer zu verkraften.
„Ich passe auf dich auf!", sagte Nikolas. „Wir setzen uns zusammen hinein."
Mama nickte tapfer und hielt auf dem gesamten Weg nach unten Nikolas' Hand. Unter ihnen war in riesigen Goldbuchstaben *„Assmannhäuser Höllenberg"* zu lesen.
Papa erklärte, dass dies der Name des Weinanbaugebietes sei.
Unten angekommen, stoppte Lilly plötzlich. „Unser Auto steht doch in Rüdesheim", sagte sie erschrocken. „Müssen wir jetzt wieder zurücklaufen?"
„Nein, zum Glück nicht. Wir fahren mit dem Schiff."

„Oh, prima!“ Nur kurz mussten sie an der Anlegestelle warten, dann erschien das Ausflugsschiff und nahm sie mit in Richtung Rüdesheim. Sie fuhren an der *Burgruine Ehrenfels* vorbei – diesmal eine echte, wie Papa versicherte –, am *Binger Mäuseturm* und durchquerten das Binger Loch. Bis zum 17. Jahrhundert war diese Stelle für Schiffe kaum passierbar gewesen, erst nachdem man ein Loch in das quer zum Fluss verlaufende Riff gesprengt hatte, konnten größere Schiffe hindurchfahren.

Auf dem Weg vom Schiffsanleger durch Rüdesheim zum Auto fiel ihnen *Siegfrieds mechanisches Musikkabinett*, das erste deutsche Museum für mechanische Musikinstrumente, auf, und sie entschlossen sich, dort noch schnell reinzuschauen.

Sie bestaunten selbstspielende Klaviere und wunderschön gestaltete Instrumente. Ein Highlight der Sammlung war ein Orchestrion, das beinahe ein ganzes Orchester mit Klavier, Geigen, Flöten und Trompeten imitieren konnte und mit gelochten Papierstreifen gesteuert wurde.

„Wenn man die Augen schließt, dann hört es sich wirklich an wie ein Orchester“, meinte Lilly und kaufte sich zum Andenken im Museumsladen eine kleine Spieldose.

Während der Rückfahrt nach Kaub bekam Mama einen Anruf von Thorsten. Er hatte sich bei seinem Bekannten vom Amt erkundigt und tatsächlich – höchst ausnahmsweise und nur, weil es für einen guten Zweck war – die Genehmigung erhalten, Daniel mit seinem privaten Boot zu *Rhein in Flammen* zu fahren.

Nikolas und Lilly klatschten sich ab. „Das müssen wir sofort Daniel erzählen.“ Kaum, dass sie aus dem Auto gestiegen waren, rannten sie zum Haus der Familie Lehmann, um die gute Nachricht zu überbringen. Daniel und seine Geschwister freuten sich sehr.

„Das ist echt cool, dass ihr euch so für mich einsetzt", sagte Daniel. „Danke!"

„Gern geschehen", sagten Lilly und Nikolas fast gleichzeitig.

„War doch gar keine große Sache." Lilly lächelte.

„Thorsten, der Bootfahrer, wird sich bei euch melden. Dann könnt ihr verabreden, wann ihr euch trefft und so", erklärte Nikolas. Dann wandte er sich an seine Schwester. „Und jetzt müssen wir rüber zum Abendessen."

„Tschüss!", riefen die Geschwister und liefen zurück zum Weingut.

Während des Essens erhielt dann Papa einen Anruf. Er lauschte kurz und bekam große Augen. „ZDF", flüsterte er und stellte den Anruf auf laut.

„... schon morgen Vormittag drehen wir das mit der ehemaligen Loreley, also Frau Margareta Ehlers, und unserer amtierenden Loreley. Die beiden Sammler, bei denen die Krone aufgetaucht ist, kommen auch dazu. Der *Loreley-Felsen* ist unsere Kulisse dafür", hörte die Familie die Redakteurin sagen. „Sie als Familie sind ebenfalls herzlich eingeladen, schließlich haben Ihre Kinder ja den wertvollen Hinweis geliefert und das alles ausfindig gemacht. Morgen um 9 Uhr geht es los, übermorgen wird der Beitrag dann gesendet. Wir freuen uns auf Sie."

Kurz herrschte Stille. Mama setzte an: „Aber eigentlich wollten wir doch morgen ...", kam aber nicht weiter, denn der Rest des Satzes ging im Freudengeschrei von Lilly und Nikolas unter.

„Ist doch wohl klar, dass wir da dabei sein müssen, oder?", sagte Nikolas zu Mama. Dann sausten sie aus der Wohnung, um Oma Grete zu suchen und mit ihr die spektakulären Neuigkeiten zu besprechen.

Mama zwinkerte Papa zu. „Ist das nicht praktisch? Wir müssen gar keinen teuren Abenteuerurlaub buchen. Wenn unsere Kinder dabei sind, wird jeder Urlaub automatisch zum Abenteuer."

SINN UND UN-SINN

Lilly und Nikolas mussten am nächsten Morgen nicht geweckt werden. Schon vor den Eltern waren sie aufgestanden, hatten sich reisefertig gemacht, den Frühstückstisch gedeckt und belegte Brote vorbereitet.

„Los, beeilt euch, sonst kommen wir zu spät!", rief Nikolas den Eltern zu.

Sie machten sich abermals auf den Weg zum *Loreley-Plateau* und trafen gleichzeitig mit Oma Grete und Natascha, die ihre Oma begleitete, ein. Das Fernsehteam war bereits vor Ort, und die Moderatorin der Sendung „Hallo Deutschland" begrüßte sie freundlich.

Wenig später kamen auch die amtierende Loreley-Repräsentantin und die beiden Loreley-Sammler dazu. In einer mit Samt ausgeschlagenen Holzkiste trugen sie Oma Gretes Krone.

Das Fernsehteam filmte zuerst ein Interview mit Oma Grete und der jungen Loreley im Park. „Das war eine sehr aufregende Zeit als Loreley-Repräsentantin. Ich habe nette Menschen kennengelernt und war Ehrengast auf wunderbaren Weinfesten", erzählte Oma Grete. „Ich habe sogar ab und zu Liebesbriefe bekommen." Sie lächelte in sich hinein.

„Viele spannende Begegnungen mit Menschen gibt es auch heute noch für mich als amtierende Loreley", sagte die junge Loreley. „Aber statt Liebesbriefen bekomme ich Nachrichten auf Facebook."

Gemeinsam liefen dann alle zum *Loreleyfelsen.* Der Kameramann dirigierte die beiden Damen in die richtige Position. „Stellen Sie sich doch bitte hier direkt vor den Felsen! Dann haben wir im Hintergrund den besten Ausblick auf den Rhein." Eine Assistentin gab beiden noch einen goldenen Kamm in die Hand.

Währenddessen erzählte die Journalistin die Geschichte von der verlorenen Krone und interviewte die beiden Sammler. Schließlich durfte Oma Grete die Krone endlich aufsetzen. Ehrfürchtig nahm sie das Diadem, das immer noch glitzerte wie am ersten Tag, aus der Schachtel und setzte es auf ihre grauen Locken.

„Wie fühlt sich das an?", fragte die Journalistin.

„Großartig!" Die alte Dame strahlte über das ganze Gesicht und stahl der jungen Loreley im türkisgrün glitzernden Paillettenkleid glatt die Show.

Doch die war ebenfalls sichtlich gerührt über die deutliche Freude der alten Dame. So etwas hatte sie in ihrer Zeit als Repräsentantin noch nicht erlebt.
„Meine Damen und Herren, mit diesem eindrucksvollen Bild verabschieden wir uns für heute von der Loreley und melden uns morgen zur selben Zeit mit dem Ergebnis der Loreley-Wahl wieder zurück“, beendete die Moderatorin die Aufzeichnung.
Während das Fernsehteam zusammenpackte, traten die beiden *Loreley*-Sammler auf Oma Grete zu. „Frau Ehlers, wir möchten gerne, dass Sie die Krone behalten. Schließlich gehört sie ja Ihnen und ist nur über Umwege zu uns gelangt.“
Natascha musste sich im Namen ihrer Oma bedanken, weil diese vollkommen sprachlos war. „Ich glaube, ich weiß, wovon sie heute Nacht träumt“, schmunzelte Natascha und brachte Oma Grete zurück zum Auto.
Familie Sonnenschein aber brach in Richtung Wiesbaden auf. Die Eltern hatten angekündigt, *Schloss Freudenberg* zu besuchen.
„Das sieht gar nicht aus wie ein Schloss“, sagte Lilly, als sie ankamen. Das gelb verputzte Gebäude mit der von Säulen umgebenen Terrasse wirkte eher wie eine Villa. Es sah zwar edel, aber auch ein bisschen renovierungsbedürftig aus.
„Das hatte ich mir auch anders vorgestellt“, sagte Nikolas.
„Ihr seid verwöhnt von den vielen Burgen am Rhein. Nicht jedes Schloss sieht aus wie im Märchen“, stellte Papa fest.
„Hier kann man auch gar keine klassische Schlossbesichtigung machen, sondern das *Erfahrungsfeld der Sinne* besuchen“, erklärte Mama. „28 Sinne kann man hier erleben.“
„28 Sinne?“, fragte Lilly.

„Es gibt doch nur fünf Sinne! Sehen, Hören, Riechen, Schmecken und Tasten. So ein Unsinn!“, meinte Nikolas.

„Vielleicht gehört der Un-Sinn ja auch dazu?“, orakelte Papa. „Lassen wir uns überraschen!“

Sie kauften an der Kasse im Schlosspark eine Familienkarte. Direkt gegenüber stand eine riesige Schaukel, die so genannte Simultanschaukel. Da die beiden gegenüberliegenden Sitze zufällig gerade frei waren, kletterten Lilly und Nikolas hinein und versuchten beim Schaukeln denselben Rhythmus zu finden.

„Gar nicht so einfach!“, rief Lilly den Eltern zu.

„Mit Eigensinn kommt ihr hier nicht weiter, nur mit Gemeinschaftssinn“, stellte Mama lächelnd fest.

Im Schlosspark zeigte sich dann, was es mit dem *Erfahrungsfeld der Sinne* auf sich hatte. Als Erstes erkundeten sie den Barfußpfad. „Hier ist der Tastsinn gefragt“, sagte Papa.

„Mit den Füßen tasten macht Spaß!“, rief Lilly.

„Hört ihr das? Wo kommt das Geräusch her?“, fragte Nikolas. Ein leises Sirren war zu hören.

„Schaut, da drüben ist eine Windharfe“, sagte Mama. „Der Wind streicht durch einen Zwischenraum, in dem Saiten gespannt sind, und bringt sie zum Klingen.“

„Ein Fall für den Hörsinn!“

Gemeinsam mit Mama und Papa balancierten Lilly und Nikolas auf einer großen Platte und liefen auf Stelzen.

„Und wieder ein neuer Sinn – der Gleichgewichtssinn!“, verkündete Papa.

„Wir werden noch zu echten Sinnesdetektiven“, kicherte Lilly. Dann entdeckte sie einen Wasserlauf mit einer riesigen Pumpe und anderen

Stationen. Sie legte die Stelzen beiseite und stürmte, gefolgt von Nikolas, darauf zu. Sofort begannen die beiden mit dem Wasser zu experimentieren, bauten einen Staudamm und spritzten sich laut quietschend gegenseitig nass. Mama grinste Papa an: „Ich wusste schon immer, dass Kinder einen eingebauten Sensor für Wasser haben. Sobald es irgendwo nur die kleinste Pfütze gibt, sind sie im Nullkommanichts klatschnass."

Papa nickte: „Das ist dann wohl der Wasser-Sinn."

Nachdem Lilly und Nikolas genug geplanscht und sich in der Sonne getrocknet hatten, betrat die Familie das Schloss. Drinnen verwirrten optische Täuschungen und Prismen, die bunte Schatten entstehen ließen, ihren Sehsinn. Der Geruchssinn wurde bei dem Versuch, verschiedene Düfte zu erkennen, gefordert.

„Wenn ich behaupten würde, dass ich alle Gerüche erkenne, dann könnte ich das nicht mit meinem Wahrheitssinn vereinbaren", sagte Papa lachend.

Mama war besonders fasziniert von einer Wasserspringschale, die man mittels Reibung so in Schwingung versetzen konnte, dass das Wasser darin zu sprudeln begann.

„Hier werden vier Sinne auf einmal angesprochen: Hören, Sehen, Fühlen und der Froh-Sinn", meinte sie.

Papa experimentierte mit einem Pendel, das über einer Fläche mit feinem Sand schwingend fantasievolle Muster zeichnete. Nikolas erzeugte einen Wasserstrudel in einem Glas.

All das gab es zwischen den Marmorsäulen, gedrechselten Treppengeländern und Stuckdecken der Gründerzeitvilla zu entdecken. Eine geheimnisvolle, reiche französische Gräfin namens Marie Eugénie Victoire Guérinet hatte sie einst für sich und ihren Liebhaber, einen Maler, bauen lassen, Zwischenzeitlich war die Villa als Kinderheim und Offizierskasino genutzt worden. In den 1980er-Jahren war sie zusehends verfallen, bis eine Gruppe von Künstlern sich ihrer annahm und mit vielen Helfern nach und nach instand setzte. Teilweise war das Gebäude bereits wunderschön restauriert worden, während andere Räume noch für die Instandsetzung vorgesehen waren. Parallel zum Museumsbetrieb wurde aber auch gebaut.

„Hier wird renoviert, während Besucher im Haus sind. Ist das nicht interessant?", sagte Mama. Als Architektin kannte sie sich natürlich auch mit Renovierungsarbeiten aus. „Die meisten würden während der Bauarbeiten den Betrieb einstellen."

Eine Mitarbeiterin des Erfahrungsfeldes hörte das und erklärte: „Wir finden, eine Sache, die sich ständig verändert und weiter entwickelt ist viel interessanter als eine fertige. Deshalb wird hier ständig gebaut. Unser Motto lautet: ‚Heilung durch Kunst'."

„Interessant, vielen Dank für die Auskunft", sagte Mama.

Gemeinsam besuchten sie noch den Klangraum, in dem sie große und kleine Gongs, Klangschalen und andere klingende Objekte ausprobierten. Lilly passte gerade noch in die größte Schale hinein und fühlte den Klang.

„Ich spüre die Schwingungen! Ist das jetzt der Spürsinn?", rief sie lachend.

„Wenn ich mich da reinsetze, dann klingt es nicht mehr. Da ist kein Platz mehr für Schwingungen", scherzte Papa.

Überwältigt von den zahlreichen Eindrücken beschlossen sie, eine Pause zu machen. Auch das konnte man auf *Schloss Freudenberg* mit einer Sinneserfahrung verbinden. „Lasst uns in der *Dunkelbar* etwas trinken", schlug Papa vor.

In vollkommener Dunkelheit bestellte die Familie Getränke und Snacks. „Cool, das ist ja wie im *Dunkelkaufhaus* in Wetzlar!", rief Nikolas. Während einer Ferienfreizeit hatten die Geschwister diese *Nicht-Sehenswürdigkei*t in der hessischen Kleinstadt besucht.

Die blinde Bedienung servierte alles problemlos und ohne etwas zu verschütten. Das Essen und Trinken klappte einigermaßen, aber beim Bezahlen im Dunkeln tat sich Papa ein wenig schwer und nahm gern die Hilfe der Kellnerin in Anspruch.

„Ich glaube, wir haben nicht alle 28 Sinne erforscht, aber doch eine ganze Menge! Mein Zeitsinn sagt mir, dass wir allmählich weiter müssen, wir wollen doch noch nach Wiesbaden", sagte Papa, und sie brachen auf.

EIN HEIẞES BAD IN DEN WIESEN

In Wiesbaden spazierten sie durch die Innenstadt mit ihren historistischen Villen. Auf einem belebten Platz entdeckte Lilly einen muschelförmigen Brunnen und lief darauf zu, um sich mit dem Wasser abzukühlen. Erschrocken zog sie aber sofort die Hand zurück.

„Das Wasser ist ja heiß!", rief sie.

Nikolas fasste ebenfalls hinein. „Tatsächlich!"

„Das ist ungewöhnlich", meinte Papa.

Neben dem Brunnen befand sich ein kleiner tempelartiger Bau, in dem ebenfalls warmes Wasser aus vier Hähnen floss. *Kochbrunnen* stand darüber.

Papa googelte und berichtete dann: „In Wiesbaden gibt es die heißesten Quellen in Europa, bis zu 67 Grad sind sie warm. Schon die Römer nutzten diese Quellen, und später wurde Wiesbaden Kurstadt. Der Name bedeutet übrigens ‚Bad in den Wiesen'. Es gibt noch 26 andere Quellen in der Stadt, und das warme Wasser wird für medizinische Zwecke, Thermen und sogar zum Heizen benutzt. Man kann es auch trinken."
Natürlich wollten die Geschwister das probieren und füllten etwas Wasser in eine leere Flasche aus Mamas Rucksack ab.
„Igitt, das schmeckt ja komisch!"
„Irgendwie nach Eisen."
Papa nickte. „Es enthält Eisen und viele andere Mineralstoffe. Die bringt es aus 2000 Metern Tiefe mit. Deshalb ist es auch so warm."
Auf dem Weg durch die Stadt kamen sie noch an weiteren Brunnen vorbei. Das Wasser der *Schützenhofquelle* war etwas kühler und weniger salzig, der *Faulbrunnen* roch jedoch stark nach Schwefel.
„Wenn das Wasser schmeckt, wie der Brunnen heißt, dann verzichte ich gern." Lilly rümpfte die Nase.
Am frühen Abend unternahmen sie noch eine Fahrt zur Talstation der *Nerobergbahn*. Die beinahe 150 Jahre alte, mit Wasserballast betriebene Drahtseil-Zahnstangenbahn sollte sie auf den *Neroberg* bringen.
Sie stiegen in den blau-gelben Wagen der Bahn, die in dreieinhalb Minuten 245 Höhenmeter mit einer Steigung von 26 Prozent mühelos bewältigte. Der bergauf fahrende Wagen wurde durch ein Drahtseil von seinem talwärts fahrenden Gegenstück nach oben gezogen, das mit bis zu 7000 Litern Wasser befüllt war, je nach dem wie viele Fahrgäste auf den Neroberg gezogen werden mussten. Unten angekommen, wurde das Wasser wieder bergauf gepumpt, und die Fahrt konnte von Neuem beginnen.

„Diese Technik ist so einfach wie genial, obwohl sie schon im Jahr 1888 entwickelt wurde“, meinte Papa.

Vom *Neroberg* aus blickten sie auf die gesamte hessische Landeshauptstadt, den *Nerobergtempel* und die prachtvolle russisch-orthodoxe Kirche, deren vergoldete Zwiebeltürme in der Sonne glänzten.

„Hier oben ist ein perfekter Platz für ein Picknick!“, beschloss Mama und packte die belegten Brote aus. Nach einer Weile waren alle satt und müde, und sie traten den Heimweg an.

Sie trafen Oma Grete auf ihrem Lieblingsplatz auf der Terrasse in der Abendsonne. Noch immer war das Strahlen nicht aus ihrem Gesicht gewichen.

„Ach, da seid ihr ja wieder, Kinder!“ Sie deutet auf die Krone, die sie noch immer trug und die mit ihren Augen um die Wette funkelte. „Sieht sie in der Sonne nicht wunderschön aus?“ Lilly und Nikolas stimmten zu.

„Wie war euer Ausflug?“

„Total interessant!“

„Wir haben sogar heiße Quellen in Wiesbaden gesehen.“

„Dafür ist der Riese Ekko verantwortlich“, sagte Oma Grete geheimnisvoll, und auf Bitten der Kinder erzählte sie: „Riese Ekko war einst wütend auf einen Drachen, der in der Gegend sein Unwesen trieb, und wollte ihn töten. Er fand ihn nicht, glaubte aber sein Lachen aus der Unterwelt zu hören. Wütend stach er mit einer Lanze auf die Erde ein, doch aus dem Boden schoss kochendes Wasser und verbrannte Ekkos Füße und sein Gesicht. Er verlor das Gleichgewicht und versuchte, sich abzustützen. Seine Hand hinterließ einen Abdruck im Boden – der *Wiesbadener Talkessel* ist der Abdruck der Mittelhand, Finger und Arm bilden die umliegenden Bachtäler. Und dort, wo Ekkos Lanze Löcher in den Boden stach, sprudelt heute das heiße Wasser.“

„Stimmt das wirklich?“, fragte Lilly skeptisch.

„Nun, bei einer Sage weiß man nie so genau, was stimmt“, schmunzelte die alte Dame. „Und wo geht es morgen hin?“

„Zur *Marksburg*. Das ist eine echte Ritterburg“, sagte Nikolas. „Welche Sage gibt es dazu?“

„Oh, da gibt es eine ganz moderne Geschichte, die ist ganz sicher wahr, auch wenn sie nicht so klingt. Ein reicher Japaner wollte die Marksburg einst kaufen, zerlegen und in Japan wieder aufbauen. Der Verkauf wurde natürlich abgelehnt. Stattdessen hat man die Burg in Japan originalgetreu nachbauen lassen.“

„Echt? Das ist ja krass!"

„Ja, in der Tat. Zum Glück könnt ihr euch das Original anschauen. Morgen Nachmittag läuft ja auch unser Fernsehbeitrag. Den sehen wir uns doch gemeinsam an, oder?"

„Ist doch Ehrensache!", versicherten die Geschwister.

Sie sausten gleich darauf los, um Daniel noch zu treffen. Er saß mit seinen Geschwistern im Baumhaus.

„Hi! Ich muss euch unbedingt was erzählen." Daniel strahlte und hatte rote Wangen. „Heute Mittag haben wir mit Thorsten telefoniert. Er nimmt nicht nur mich, sondern die ganze Familie mit zu *Rhein in Flammen*. Ist das nicht klasse?"

„Als Dankeschön bringt unsere Mama was Leckeres zu essen mit", erzählte Anna, „dann ist es wie auf einem der großen Ausflugsschiffe." Auch Simon war begeistert.

„Das ist ja toll!", freute sich Lilly.

„Ja, nur schade, dass wir nicht zusammen fahren können", meinte Nikolas.

Die Kinder unterhielten sich noch, bis Lilly und Nikolas gehen mussten.

Eine mittelalterliche Toilette

„Wie schade, heute ist unser letzter richtiger Urlaubstag“, sagte Lilly am nächsten Morgen beim Frühstück.
„Aber heute Abend ist auch *Rhein in Flammen*. Ich freu mich aufs Feuerwerk“, sagte Nikolas und biss in sein Brötchen.
Sie brachen direkt nach dem Frühstück zur *Marksburg* in Braubach auf. Schon von Weitem sahen sie die hellgelb verputzte Burg mit dem auffälligen Bergfried in der Mitte. Nachdem sie zur Burg hinaufgestiegen waren und Tickets gekauft hatten, mussten sie nicht lange warten, bis eine junge Frau sie zur Führung abholte.
„Willkommen zur Reise ins Mittelalter!“, begrüßte sie die Besucher und zog einen gigantischen Schlüssel aus der Tasche.
„Wow, das ist ja ein Riesending!“, staunte Nikolas.
Mit dem riesigen Schlüssel schloss die Führerin das Tor auf. Das passende Schlüsselloch im Burgtor war ebenso groß. Dahinter ging es steil bergauf. In den felsigen Boden waren stufenartige Einkerbungen geschlagen.
Die Burgführerin erklärte: „Die *Marksburg* ist als einzige Höhenburg am Rhein nie zerstört worden, sie ist als mittelalterliche Wehranlage aus dem 13. bis 15. Jahrhundert vollständig erhalten. Dieser Teil der Burg ist direkt in den Fels geschlagen, auch dieser Aufgang. Er wird ‚Reitertreppe‘ genannt, denn die Burgbewohner ritten für gewöhnlich hier hinauf.“
„Das ist aber ganz schön steil! Ich weiß nicht, ob ich das schaffen würde“, überlegte Lilly, die schon einige Reitstunden genommen hatte.

Sie gingen an einer Reihe Kanonen vorbei. „Diese Geschützstellung nennt man ‚Batterie'. Von hier aus hat man die Burg verteidigt. Man konnte bis zur anderen Rheinseite schießen", erklärte die Burgführerin.
Lilly blickte aus einer der Schießscharten. „Ui, schaut mal, wie schön!", rief sie. Tief unter ihnen glitzerte silbern der Fluss, und Schiffe zogen vorbei.
Sie erreichten den ehemaligen Zwinger, eine frühere Verteidigungsanlage, in der man inzwischen Heilkräuter anpflanzte. Mama entdeckte einige Kräuter wieder, die sie schon im *Hildegarten* in Bingen gesehen hatte.
„Wer hat eine Idee, was das sein könnte?", fragte die Führerin und deutete auf einen schwarzen Erker an der Wand über ihnen.
Papa tippte seine Nasenspitze an. „Die Toilette vielleicht?"
„Stimmt genau! Die *Marksburg* hatte drei Abort-Erker, das war im Mittelalter echter Luxus."
„Und das Pipi und so lief dann einfach hier an der Wand runter?", fragte Lilly stirnrunzelnd. Papa nickte. „Igitt!"
„Zum Glück ist die Burg neu verputzt worden, sonst würde das ziemlich eklig aussehen!", meinte Mama.
Nachdem sie die große Burgküche und das Schlafzimmer der Burgherren besichtigt hatten, gelangten sie in den Rittersaal. In der Mitte dominierte ein großer Tisch mit wuchtigen Holzstühlen, an einer Wand gab es einen gemauerten Kamin. Die anderen Wände und Fensternischen waren mit Gemälden und Wandteppichen verziert. Das war so recht nach Nikolas' Geschmack. „So stelle ich mir die Tafelrunde aus der Artussage vor", sagte er zufrieden.
Lilly hatte hinter einer schmalen Tür die Toilette entdeckt, die sie bereits von unten gesehen hatten.

„Guck mal, Mama, das Türschloss ist ja auf der falschen Seite", wunderte sie sich.

Die Führerin hörte das und erklärte: „Man befürchtete, Feinde könnten über die Toilette in die Burg eindringen, deshalb war die Toilette vom Rittersaal aus verschließbar. Auf Privatsphäre auf der Toilette hat man dagegen keinen Wert gelegt, man ließ sogar oft die Tür offen."

Mama schüttelte den Kopf. „Also, das Mittelalter wäre echt nicht meine Zeit gewesen."

Nachdem sie noch die Rüstkammer, die Folterkammer und die Schmiede angeschaut hatten, war der Vormittag auch schon vorbei. Sie picknickten auf der Burgterrasse und besuchten nach dem Mittagessen noch den großen Museumsshop. Dort gab es alles rund um Burgen, Ritter und Mittelalter - der ideale Ort, um das restliche Ferientaschengeld loszuwerden. Nikolas kaufte einen Kühlschrankmagneten, der aussah wie ein Ritter mit baumelnden Beinen. Lilly entschied sich für Briefpapier im Mittelalter-Look.

Schließlich drängten Lilly und Nikolas zur Heimfahrt, denn auf gar keinen Fall wollten sie Oma Gretes großen Auftritt im Fernsehen verpassen.

Als sie im Weingut ankamen, hatte sich die alte Dame schon mächtig herausgeputzt. Sie trug ein grünes Kleid, darüber die Loreley-Schärpe. Die Krone saß funkelnd auf ihren grauen Locken.
Manfred Ehlers hatte den großen Fernseher in die Gaststube des Restaurants gestellt und ein paar Nachbarn und Freunde eingeladen. Auf dem Tisch standen Brezeln, Spundekäs, Riesling-Sekt und Traubensaft. Auch Simon, Anna, Daniel, ihre Eltern und Marla waren dabei und begrüßten Nikolas und Lilly. Steve fehlte.
„Der muss unserem Vater bei der Arbeit helfen. Als Wiedergutmachung", erklärte seine Schwester. „Es wird übrigens kein Gerichtsverfahren wegen des Diebstahls geben. Das Verfahren ist eingestellt. Steve muss aber Sozialstunden ableisten", berichtete Marla weiter.
Dann begann die Sendung. Rasch setzten sich Lilly und Nikolas neben Daniels Rollstuhl auf den Boden. Nach zwei anderen Beiträgen begann die Moderatorin die Geschichte von Margareta Seewald, der ehemaligen Loreley-Repräsentantin, und ihrer verschwundenen Krone zu erzählen.
„Das bin ich!" Oma Grete schaute stolz in die Runde.
Es folgte der Ausschnitt, in dem Oma Grete und die amtierende Loreley interviewt wurden. Die große Überraschung folgte jedoch am Schluss. „Im Jahr 1964 hat das ZDF Filmaufnahmen von Margareta Ehlers, damals noch Seewald, als Loreley gemacht. Wir haben im Archiv diese Aufnahmen ausfindig gemacht und möchten sie Ihnen natürlich nicht vorenthalten", kündigte die Moderatorin an.
Oma Grete bekam ganz rote Ohren. „Seht nur", hauchte sie, als eine schwarz-weiß-Aufnahme eingespielt wurde. Darauf war sie selbst als junge Frau zu sehen. In ihrem blonden Haar war die Krone festgesteckt, die sie auch heute trug. Mit einem Weinglas in der Hand saß sie auf dem

Loreleyfelsen und prostete in Richtung Kamera. Oma Grete liefen ein paar Freudentränen über die Wangen.

Auch Herr und Frau Ehlers und Natascha waren gerührt. Am meisten freuten sich aber Lilly und Nikolas. Oma Grete wandte sich an die Geschwister.

„Danke, ihr Lieben. Danke, dass ihr den Geschichten einer alten Frau zugehört und mir die Krone zurückgebracht habt. Eine größere Freude hättet ihr mir gar nicht machen können."

„Ach was, Sie sind doch gar nicht alt!", meinte Lilly.

„Mit der Krone sehen Sie 20 Jahre jünger aus", behauptete Nikolas charmant.

„Wir haben Ihnen gern einen Gefallen getan."

„Und Ihre Geschichten waren auch super!"

„Apropos große Freude", sagte da die Mutter von Daniel, Anna und Simon und kam auf Lilly und Nikolas zu. „Ihr habt auch meinem Sohn eine große Freude gemacht. Dafür möchte ich mich ganz herzlich bedanken. Das war eine wunderbare Idee."

„Ich freu mich schon so!", plapperte Daniel dazwischen. „Wir fahren gleich los nach Oestrich und von dort aus mit der *Christine* zum Feuerwerk."

„Losfahren ist ein gutes Stichwort", schaltete sich Papa ein. „Wir müssen auch allmählich aufbrechen. Unser Schiff legt um 18 Uhr ab."

„Sehen wir uns auf dem Fluss?", fragte Daniel.

„Wir werden nach euch Ausschau halten", versprach Nikolas.

FEUERWERK ÜBER DEM RHEIN

Nachdem sie sich von allen verabschiedet hatten, brachen Lilly, Nikolas, Mama und Papa auf zum Schiffsanleger in Rüdesheim. Dort gingen sie an Bord eines Ausflugsschiffs und wurden zu ihren Plätzen gebracht.

Papa hatte zur eigentlichen Schiffsfahrt noch ein dreigängiges Abendessen gebucht. „Dann wird uns die Zeit nicht so lang, bis das Feuerwerk losgeht." Er zwinkerte den Kindern zu. „Außerdem ist das ja auch mein Hochzeitstagsgeschenk für Mama, da kann man nicht nur Currywurst mit Pommes essen."

Nachdem das Schiff sich gefüllt hatte, legten sie ab und fuhren ein Stück stromabwärts. Lilly und Nikolas beobachteten alles vom Deck aus und kehrten erst wieder zu ihren Plätzen zurück, als die Vorspeise serviert wurde. Nachdem auch das Hauptgericht und die Nachspeise vertilgt waren, versammelten sich die Gäste allmählich an Deck, denn es war dunkel geworden. Auch am Ufer standen viele Menschen, die das Schauspiel beobachten wollten.

Etwa fünfzig bunt beleuchtete Ausflugsschiffe hatten sich auf der Höhe der Ortschaft Trechtingshausen in Dreierreihen hintereinander angeordnet und bildeten so einen einzigartigen Konvoi. Die beiden Burgen *Reichenstein* und *Rheinstein* schienen rot zu glühen.

„Wie schön die Burgen angestrahlt sind!", meinte Mama.

„Das ist bengalisches Feuer. Wir haben im Workshop gelernt, wie das gemacht wird", sagte Lilly.

Ein kleines Boot scherte vom hinteren Ende aus, fuhr an der äußeren Reihe der Ausflugsschiffe vorbei und ankerte nicht weit entfernt von ihnen.
Lilly kniff die Augen zusammen. „Ich glaube, das ist die *Christine!*", rief sie aufgeregt.
Auch Nikolas spähte angestrengt hinüber. Im Halbdunkel der bunten Lichter konnten sie schließlich Daniel und seine Geschwister erkennen. Lilly begann zu winken und zu rufen, aber weil die Musik laut war und viele andere Menschen ebenfalls winkten, bemerkte Daniel sie nicht.
Kurz nach 22 Uhr ertönten drei laute Kanonenschüsse. „Jetzt geht es los!", rief Nikolas, und Lilly hüpfte vor lauter Spannung von einem Bein auf das andere.
Während vom linksrheinischen Ufer das erste Feuerwerk gestartet wurde, setzte sich der Schiffskonvoi langsam in Bewegung. Goldene Lichterblumen verteilten sich am Himmel und sprühten Funken. Sie wechselten sich ab mit Raketen, die leuchtend bunte Bahnen in den Himmel zeichneten. Lila glänzende Funken prasselten hernieder, dann schien es silberne Glitzersterne zu regnen. Zwischen den steilen Hängen des Mittelrheintals hallte der Donner der Böller wider. Das Feuerwerk tauchte die Umgebung in ein zauberhaftes Licht.
„Oh, ist das schön!", seufzte Lilly und sprach damit der gesamten Familie und wohl auch den meisten anderen Besuchern aus der Seele. Überall waren laute Ausrufe der Begeisterung zu hören. Papa schoss ein paar Fotos, stellte aber bald fest, dass man die Faszination des Feuerwerks nur schwer auf Bildern einfangen konnte.
Bald schon ging es weiter, das nächste Feuerwerk wurde nur wenige Kilometer weiter im rechtsrheinischen Assmannhausen gezündet, ein weiteres wiederum vom gegenüberliegenden Ufer in Bingen.

„Schau mal, Lilly!“, rief Nikolas. „Jetzt schießen sie die Raketen von *Burg Klopp* aus, da waren wir!“

Lilly nickte. „Ich fand Feuerwerk immer schon toll, aber jetzt, nachdem ich weiß, wie viel Arbeit nötig ist, damit es so schön aussieht, finde ich es noch toller.“

Nach kurzer Fahrt folgte ein Feuerwerk vom Rüdesheimer Höhenweg aus und schließlich das Abschlussfeuerwerk über Bingen. Die Pyrotechniker zeigten noch einmal ihr ganzes Können, und der Himmel schien förmlich in allen Regenbogenfarben zu explodieren.

Gegen Mitternacht ertönten dann die Schiffssirenen aller Schiffe und signalisierten das Ende der Feuerwerke. Gemächlich fuhren die Schiffe wieder zu den Anlegern zurück, an denen sie gestartet waren. Viele Besucher strömten in die Innenstädte von Bingen und Rüdesheim, wo noch Weinfeste stattfanden.

„Wie es Daniel wohl gefallen hat?“, fragte Lilly nachdenklich, als sie an den Ständen am Rheinufer entlangschlenderten. „Hoffentlich hat alles gut geklappt mit dem Sauerstoff und so.“

„Schade, dass wir morgen früh schon nach Hause fahren“, fand Nikolas. „Da haben wir gar keine Gelegenheit mehr, mit ihm zu reden.“

Wie auf ein Stichwort piepste Mamas Handy, eine Nachricht von Thorsten war angekommen. Er hatte ein Bild von Daniel mit dem Feuerwerk im Hintergrund geschickt.

Das Bild war ein wenig unscharf, dennoch war gut zu erkennen, dass Daniel von einem Ohr bis zum anderen grinste. Er reckte beide Daumen nach oben.

„Schaut mal, Daniels Augen strahlen viel heller als das ganze Feuerwerk!“, freute sich Lilly.

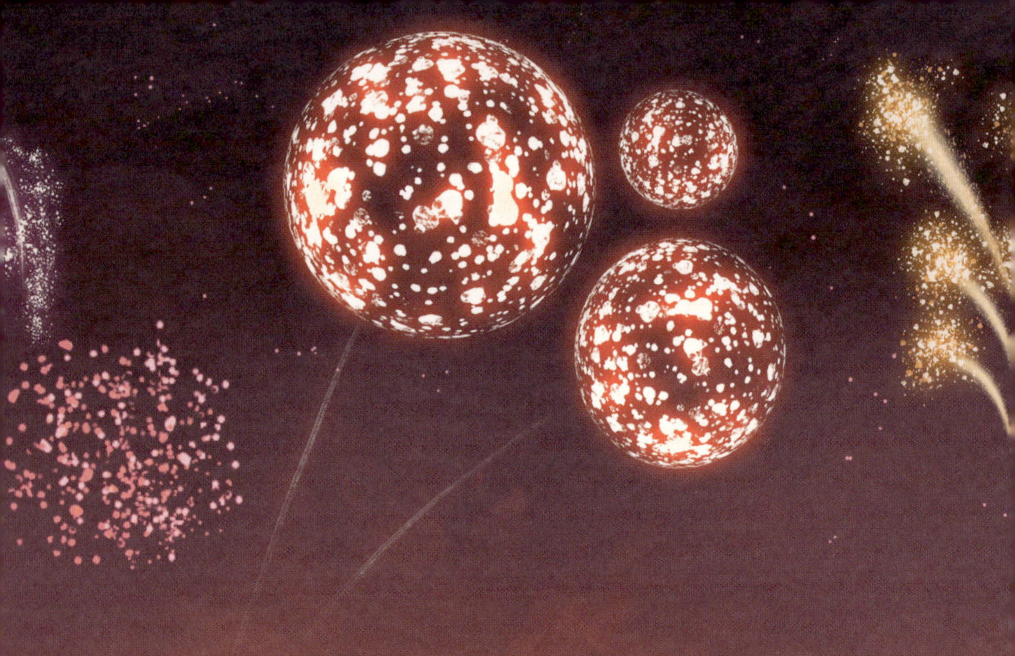

„Auch wenn Thorsten Daniel mit seinem Boot gefahren hat, ihr beide habt einen großen Anteil daran, dass Daniel so strahlt. Und Oma Gretes Augen habt ihr auch zum Leuchten gebracht“, sagte Mama.

„Sind wir dann auch Pyrotechniker?“, überlegte Nikolas.

„Na, klar sind wir das!“, sagte Lilly überzeugt. „Pyrotechniker des Herzens.“

– Ende –

Felsplateau Loreley und Loreley Besucherzentrum
Loreley-Touristik, Loreley 7 (Loreleyplateau), 56348 Bornich
06771/9100
www.loreley-touristik.de

Sommerrodelbahn Loreley-Bob
Loreley 11 (Loreleyplateau), 56348 Bornich
06771/9594833
www.loreleybob.de

Loreley Biergarten
Auf der Loreley, 56348 Bornich
06771/9597130
www.loreley-biergarten.de

Loreley-Statue
Rheinstraße, 56346 St. Goarshausen
www.loreley-besucherzentrum.de/loreley/statue

Burg Katz (Besichtigung nicht möglich)
Burgstraße 6, 56346 St. Goarshausen
www.burg-katz.de

Burg Maus
Bachstraße 30b, 56346 St. Goarshausen-Wellmich
06771/2303
www.burg-maus.de/burg

Burg Pfalzgrafenstein (per Fähre erreichbar)
An der Autofähre, 56349 Kaub/Rhein
0261/66754870, 0175/5938645
www.dieburgpfalzgrafenstein.de

Bingen Touristinformation
Rheinkai 21, 55411 Bingen am Rhein
06721/184205/206)
www.bingen.de/tourismus

Burg Klopp und Heimatmuseum Bingen
Burg Klopp (Mariahilfstraße), 55411 Bingen
06721/184110
www.bingen.de/tourismus/bingen-entdecken/burg-klopp

Binger Mäuseturm
www.bingen.de/tourismus/bingen-entdecken/binger-maeuseturm

Museum am Strom
Museumstraße 3, 55411 Bingen
06721/184353
www.bingen.de/kultur/museum-am-strom

Hildegarten (beim Museum am Strom)
www.bingen.de/hildegard/spurensuche-hildegard/
hildegarten--museum-am-strom

Steckeschlääferklamm & Baumgeister-Tour
Anfahrt über Wanderparkplatz Steckeschlääferklamm
oder Gaststätte Forthaus Jägerhaus
55413 Weiler bei Bingen
www.bingen.de/leben/binger-wald/erholungwalderlebnis/
steckeschlaeaeferklamm

Burg Rheinstein
55413 Trechtingshausen
06721/6348
www.burg-rheinstein.de

Bacharach
Rhein-Nahe Touristik Besucherzentrum
Oberstrasse 10, 55422 Bacharach
06743/919303
www.bacharach.de

Mainz Tourist Service Center
Brückenturm am Rathaus
Rheinstraße 55, 55116 Mainz
06131/242-888
www.mainz-tourismus.com

ZDF Sendezentrum Mainz
ZDF-Straße 1, 55127 Mainz-Lerchenberg
06131/7014972
06131/7014381
zdf-service.de/fuehrungen-mainz

Dom zu Mainz
Dominformation
Markt 10, 55116 Mainz
06131/253412
www.1000-jahre-mainzer-dom.de/startseite.html

Gutenberg-Museum Mainz
Liebfrauenplatz 5, 55116 Mainz
06131/122640 (2644)
www.gutenberg-museum.de

Druckladen
Druckladen des Gutenberg-Museums
Seilergasse 1, 55116 Mainz
06131/122686
www.gutenberg-museum.de

Museum für Antike Schiffahrt Mainz
Neutorstr. 2b, 5116 Mainz
Tel.: 06131 2866-316
www.web.rgzm.de/museen/museum-fuer-antike-schifffahrt-mainz

Römisches Bühnentheater Mainz
(jederzeit zu besichtigen)
Oberhalb des Bahnhofs Mainz erreichbar über Holzhofstraße, 55116 Mainz
www.theatrum.de/mainz.html

Taunus-Wunderland
Haus zur Schanze 1, 65388 Schlangenbad
06124/4081
www.taunuswunderland.de

Rüdesheim Tourist Information / Rüdesheim Tourist AG
Rheinstraße 29a, 65385 Rüdesheim am Rhein
06722/906150
ruedesheim.de

Seilbahn Rüdesheim
Oberstraße 37 (Talstation)
Niederwalddenkmal (Bergstation)
65385 Rüdesheim am Rhein
06722/2402
www.seilbahn-ruedesheim.de

Niederwalddenkmal
65385 Rüdesheim am Rhein
www.niederwalddenkmal.de

Osteinscher Niederwald
65385 Rüdesheim am Rhein
www.niederwalddenkmal.de/rund-um-das-niederwalddenkmal

Assmannhausen
65385 Rüdesheim-Assmannhausen
www.assmannshausen-am-rhein.de

Seilbahn Assmannshausen
Niederwaldstraße 34 (Talstation)
Jagdschloss Niederwald (Bergstation)
65385 Rüdesheim-Assmannshausen
www.seilbahn-assmannshausen.de

Siegfrieds Museum für mechanische Musikinstrumente
Oberstr. 29, 65385 Rüdesheim am Rhein
06722/49217
www.smmk.de

Tourist-Information Wiesbaden
Marktplatz 1, 65183 Wiesbaden
0611/1729930
www.wiesbaden.de

Schloss Freudenberg
Freudenbergstraße 224–226, 65201 Wiesbaden
0611/4110141
www.schlossfreudenberg.de

Heiße Quellen Wiesbaden
www.wiesbaden.de/medien-zentral/dok/leben/umwelt-naturschutz/UA_ThermalquellenBro_A4_111213_Endfassung.pdf

Neroberg und Nerobergbahn
Nerotal 66, 65193 Wiesbaden
(0611) 450 22550
www.nerobergbahn.de
www.wiesbaden.de/leben-in-wiesbaden/freizeit/ausfluege/neroberg/neroberg.php

Marksburg
56338 Braubach, 2627/206
www.marksburg.de

Rhein in Flammen
(verschiedenen Routen an unterschiedlichen Terminen von Mai bis September)
www.rhein-in-flammen.com

Außerdem bei Biber & Butzemann

ABENTEUER AUF SYLT
Lilly, Nikolas und die Leuchtturm-Detektive
Kerstin Groeper
Illustrationen von Marie Zippel
Biber & Butzemann

GEHEIMNIS IM KNIEPSAND
LILLY UND NIKOLAS AUF AMRUM
Andrea Nesseldreher
Biber & Butzemann

Nicole Grom
DAS GEHEIMNIS VON RUNGHOLT
Lilly und Nikolas in Eiderstedt
Mit Dithmarschen, Hooge und Pellworm
Biber & Butzemann

Nicole Grom / Steffi Bieber-Geske
ABENTEUER IM LAND DER WIKINGER
LILLY UND NIKOLAS UNTERWEGS ZWISCHEN SCHLESWIG, KIEL UND FLENSBURG
Mit Illustrationen von Sabrina Pohle
Biber & Butzemann

ABENTEUER AN DER LÜBECKER BUCHT
Kerstin Groeper/ Steffi Bieber-Geske
Lilly, Nikolas und die Ostseeindianer
RETTUNG FÜR DIE FLEDERMÄUSE
Illustriert von Vivien Schmidt
Biber & Butzemann

SANDRA LEHMANN
MATTI UND MAX
ABENTEUER AUF KRETA
Biber & Butzemann

SANDRA LEHMANN
MATTI UND MAX
ABENTEUER IN NEW YORK
Biber & Butzemann

SANDRA LEHMANN
MATTI UND MAX
ABENTEUER IN BERLIN
Biber & Butzemann

SANDRA LEHMANN
MATTI UND MAX
ABENTEUER IN PARIS
Biber & Butzemann

Steffi Bieber-Geske | Stephan Pohl
Abenteuer auf Rügen
Lilly, Nikolas und die Piraten
Biber & Butzemann

NEUE ABENTEUER AUF RÜGEN
LILLY, NIKOLAS UND DAS KRANICHEI
Steffi Bieber-Geske
Biber & Butzemann

Steffi Bieber-Geske | Stephan Pohl
Schatzsuche auf Hiddensee
Lilly, Nikolas und das Gold des Meeres
Biber & Butzemann

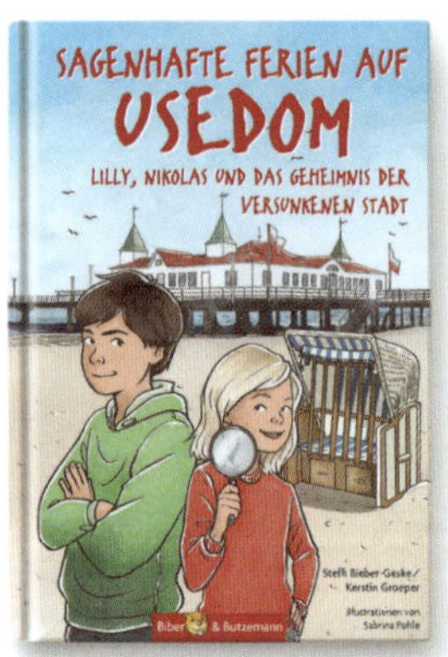
SAGENHAFTE FERIEN AUF
USEDOM
LILLY, NIKOLAS UND DAS GEHEIMNIS DER VERSUNKENEN STADT
Steffi Bieber-Geske/
Kerstin Groeper
Biber & Butzemann

Steffi Bieber-Geske /
Kerstin Groeper
ABENTEUER AUF
FISCHLAND-DARß-ZINGST
LILLY, NIKOLAS UND DIE SEENOTRETTER
Biber & Butzemann

Steffi Bieber-Geske | Sabrina Pohle
Abenteuer an der Mecklenburgischen Ostsee
Lilly, Nikolas und das Geheimnis des Buddelschiffs
Biber & Butzemann

Daniela Gappa
BIBER PAUL
auf Reisen
Rostock-Warnemünde

ABENTEUER
AN DER MÜRITZ
BETRETEN
VERBOTEN
Lilly, Nikolas und
die verbotene Insel
Kerstin Groeper
Biber & Butzemann

ABENTEUER
IM SPREEWALD
Steffi Bieber-Geske /
Nicole Grom
LILLY, NIKOLAS UND
DAS GEHEIMNISVOLLE
TAGEBUCH
Biber & Butzemann

Das kleine Gespenst
Vincent entdeckt
Thüringen
Anja Tettenborn
Mit Illustrationen von
Wiebke Wilhelm
Biber & Butzemann

Anja Tettenborn
Das kleine Gespenst
Vincent entdeckt
die Rhön
Biber & Butzemann

Abenteuer zwischen
Kyffhäuser und Westharz
Lilly und Nikolas auf den Spuren der ersten deutschen Herrscher
Jörg F. Nowack
Mit Illustrationen
von Sabrina Pohle
Biber & Butzemann

Abenteuer
im Münsterland
Lilly, Nikolas und die Wildpferde
Juliane Jacobsen
Mit Illustrationen von Sabrina Pohle
Biber & Butzemann

Abenteuer in Köln
und auf dem
Drachenfels
Ira Lenz
Biber & Butzemann

Andrea Nesseldreher
Filmreife
Ferien an der Lahn
Lilly und Nikolas in Mittelhessen
Biber & Butzemann

Miriam Schaps
Abenteuer
im Ruhrgebiet
Lilly, Nikolas und
das Bergmanns-Tagebuch
Biber & Butzemann

Abenteuer
zwischen
Nordeifel und
Aachen
Lilly und Nikolas auf der Suche
nach dem schwarzen Gold
Miriam Schaps
Illustrationen
von Sabrina Pohle
Biber & Butzemann

Abenteuer in der
Vulkaneifel
Lilly, Nikolas und das
verschwundene Manuskript
Miriam Schaps
Biber & Butzemann

ABENTEUER AM TEUTOBURGER WALD
LILLY UND NIKOLAS AUF DER SUCHE NACH DEN VERFLIXTEN WÖRTERN
Miriam Schaps
Biber & Butzemann

MÄUSEJAGD IN DER PFALZ
LILLY, NIKOLAS UND DIE VERSCHWUNDENEN BRONZENAGER
Carola Jürchott
Biber & Butzemann

Silvia Zerbe | Michaela Frech
Dinostarke Ferien in Franken
Lilly, Nikolas und die Fossiliensuche
Biber & Butzemann

ABENTEUER AUF RØMØ
Lilly, Nikolas und der Bunkerschatz
Birgit Hedemann
Biber & Butzemann

Marsha Kömpel
ABENTEUER ZWISCHEN TAUNUS UND WETTERAU
LILLY, NIKOLAS UND DER KRACHENBURG-SCHATZ
Biber & Butzemann

SCHATZSUCHE IN BERLIN UND BRANDENBURG
Steffi Bieber-Geske
Illustrationen von Sabrina Pohle
LILLY, NIKOLAS UND DAS GEHEIMNIS DES WELTREISENDEN
Biber & Butzemann

Silke Böttcher
DAS ERBE DES ALCHEMISTEN
ABENTEUER AUF DER PFAUENINSEL
Biber & Butzemann

ABENTEUER IN DER OBERLAUSITZ
Judith Schreiter
LILLY, NIKOLAS UND DIE GEHEIMNISVOLLEN FREMDEN
Biber & Butzemann

ABENTEUER RUND UM DRESDEN UND DAS ELBSANDSTEINGEBIRGE
Lilly, Nikolas und die Schätze der Könige
Juliane Jacobsen
Biber & Butzemann

Zahlreiche weitere Kinderbücher finden Sie unter www.biber-butzemann.de.

Die Autorin

Andrea Nesseldreher, geboren 1973 in Mittelhessen, war schon immer eine Leseratte. Sie studierte Rechts- und Verwaltungswissenschaften und arbeitete als Forschungsreferentin und Studienkoordinatorin an den Universitäten Gießen und Speyer.
Während der Familienpause entdeckte sie das Schreiben von Geschichten wieder, das seit der Jugendzeit brach gelegen hatte. Inzwischen hat sie einige Kinderbücher veröffentlicht.
Neben dem Schreiben ist sie freiberuflich als Stadtführerin – mit und ohne Kostüm – für Kinder und Erwachsene tätig. In ihrer Freizeit spielt sie Theater und singt. Mit den beiden Söhnen und ihrem Ehemann lebt sie in einem kunterbunten Haus in einer mittelhessischen Kleinstadt.

Die Illustratorin

Sabrina Pohle, Jahrgang 1984, entdeckte in ihrer frühen Jugend ihr Interesse am Zeichnen, aus dem sich über die Jahre eine Leidenschaft für Illustration und sequenzielle Kunst entwickelte. Sie experimentierte zunächst viel mit traditionellen Maltechniken und Materialien wie Aquarell, Kohle und Pastellkreiden. Seit einiger Zeit nutzt die Mutter eines Sohnes auch digitale Medien, um ihre Werke zu erstellen. Die studierte Japanologin arbeitet als freiberufliche Illustratorin in Hamburg und hat bereits zahlreiche Kinderbücher illustriert.
www.splinteredshard.com